KB074220

매일 이곳이 좋아집니다

낯선 곳에서 나 혼자 쌓아올린 괜찮은 하루하루

매일 이곳이 좋아집니다

마스다 미리 에세이

이소담 옮김

티라미수
THE BOOK

이 에세이집은 총 세 개의 장으로 구성돼 있습니다.

1장 〈상경 이야기〉는 홀로 도쿄에 상경했던 시절의 이야기입니다. 늘 허둥거리며 살았는데, 그 시절의 저는 다른 사람을 만나고 알아가는 걸 두려워하지 않았구나 하고 새삼 돌아봤습니다. 다음 장 〈도쿄 허둥지둥족〉에는 코로나 이전과 코로나가 한창일 때의 이런저런 소소한 일상을 담았습니다. 모두 짤막한 에세이여서 잠들기 전 두세 편씩 읽기에 딱 좋지 않을까 생각합니다. 마지막 장 〈막차가 떠난 후〉에는 다소 긴 에세이 다섯 편을 수록했습니다.

마스다 미리

차례

1

상경
이야기

2

도쿄 허둥지둥족

막차가 떠난 후

상경 이야기

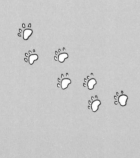

내 집은 어디에

그 맨션의 베란다는 남향이었다.

창밖으로 내다본 풍경이 왠지 모르게 안정적으로 느껴지는 건 높이 때문일 수도 있다. 내가 태어나고 자란 오사카 본가가 아파트 단지 3층이었고, 도쿄의 부동산 중개소에서 안내해준 집도 3층이었다. 사실은 안내해준 것도 아니고 "가서 보고 오구려"라며 열쇠와 지도를 넘겨줬다.

도쿄에 상경하기로 결심한 때가 스물여섯 살. 살 집을 구하려고 혼자 신칸센을 탔다.

집쯤은 쓱싹 금방 정할 수 있을 줄 알았다. 부동산 중개소에 들어간다, 여기로 하겠습니다, 그렇게 합시다. 3단계쯤 거치면 된다고 속 편하게 생각했는데, 가는 부동산 업소마다 족족 거절당하는 신세였다. 꿈과 희망이 있다 해도 백수 신분. 아직 임대보증을 해주는 회사가 일반적이지 않은 때여서 프리랜서로 일하려는 사람에겐 집 구하기가 쉬운 일이 아니었다. 겨우겨우 집을 살펴보는 단계까지 가서도 "프리랜서인 분은 좀……" 하고 집주인이 거절해서 원점으로 돌아갔다.

망연자실한 채 걷다가 오래돼 보이는 중개업소를 마주쳤다. 유리 너머로 안을 살폈다. 손님은 없다. 길쭉한 카운터에 아저씨, 아줌마, 또 아줌마. 세 사람이 묵묵히 탁자 앞에 앉아 있었다.

무서워. 웬만하면 문 열기 싫다. 그러나 내게는 규칙이 있었다. '눈에 들어온 부동산에는 반드시 들어간다'라는 무시무시한 규칙이다. 그건 절대 어겨서는 안 된다. 들어갈 것인가 말 것인가, 망설이기 시작하면 점점 마음이 약해질 것 같아서 도중에 규칙을 정해뒀다.

눈에 들어와버렸으니까 자, 들어가자.

"어서 오세요."

제일 앞쪽에 앉은 아저씨가 곁눈질로 나를 봤다. 안광이 어찌나 번뜩이던지. 하얀 와이셔츠를 입은 양쪽 소매에는 새까만 토시. 사용하는 소품에서 고지식한 장인 같은 느낌이 나서 긴장했다.

"이쪽에 앉아요."

아줌마가 자기 앞자리를 권했다. 그런데 얼굴에 웃음기가 전혀 없다. 아저씨 이상의 위압감!

'얼른 거절당하고 그냥 여기에서 나가고 싶다……'

나는 그날 처음으로 거절당하기를 바랐다.

중개업소 카운터에 앉아 할 말은 정해져 있다.

일러스트레이터가 되려고 오사카에서 도쿄로 상경하려고 합니다. 월세 예산은 7만 엔이고 3층 이상인 집을 찾아요. 보증인은 아버지고요.

말을 마치자 아줌마가 입을 열었다.

"다른 데서 다 거절했지?"

거짓말은 용납하지 않겠다는 눈빛으로 아줌마가 나를 빤히 응시했다.

"네, 거절했어요."

솔직하게 대답했다.

"그래, 왜 이 동네에 살고 싶어?"

이런 질문을 받을 줄은 생각도 못 했다. 지금까지 들렀던 중개업소에서는 단 한 번도 못 들어본 질문이었다.

도쿄에 대해서라면 아는 게 전혀 없으므로 살고 싶은 동네도 없었다. 오로지 우연히 본 여성 잡지의 〈살고 싶은 도쿄 동네 베스트 10〉이라는 특집 기사에 의지해 집을 구하는 중이었다.

"여성이 살고 싶은 동네로 꼽혔다면 안전할 것 같아서요."

내가 대답하자 아줌마가 처음으로 아하하하 하고 환하게 웃었다.

아줌마라지만 당시 그분은 지금의 나보다 젊었다. 아줌마가 된 나한테 아줌마라고 불리다니 딱한데 당시 내 눈에는 아무래도 아줌마였고, 이때의 아줌마는 어려서부터 나를 귀여워해주신 같은 단지의 아줌마들을 부르는 친밀감이 담긴 호칭이었다.

아하하하 웃는 아줌마. 그때 참견이 훅 들어온다. 토시 긴 아저씨가 아줌마에게 뭐라고 귀엣말을 했다. 나와 관련 있겠지만 좋은 이야기는 아닐 것 같다. 모처럼 마음이 통했는데 괜한 짓을 하다니.

두 사람의 밀담이 시작됐다. 내용은 모른다. 그러나 아저씨가 뭐라고 말할 때마다 아줌마가 그 세 배로 되받아쳤다. 아줌마는 그럭저럭 권한이 있는 사람일지도 모르겠다. 구름 사이로 한 줄기 햇살이 보였다.

비밀 이야기를 마치자 아줌마가 열쇠를 가지고 왔다.

"마침 좋은 집이 있으니까 지금 가서 보고 오구려."

요코하마에 살던 친구가 함께 다녀줘서 부동산에서 받은 지도에 의지해 우리 둘이 집을 보러 갔다.

역에서 도보 5분. 맨션 3층이고 원룸. 낡았지만 볕이 잘 들었다. 창 너머로 보이는 경치가 묘하게 안정감 있었다. 여기가 좋겠다 싶었다. 그리고 이후 나는 제법 오랜 세월을 그 집에서 살았다.

나중에 계약할 때 아줌마가 말했다.

"남편은 안 된다고 했는데, 아가씨도 그렇고 같이 있던 친구도 느낌이 좋아서 괜찮을 것 같았어."

옆에서 아저씨가 마지못한 듯 웃었다. 두 사람은 부부였다.

아줌마는 처음 만난 내게 집 열쇠를 건네고 "보고 오구려"라고 말했다. 그게 지금도 감격스럽다. 도쿄에서 처음으로 나를 믿어준 사람이었다.

가전제품을 사다

자, 어쩐다.

상경 후, 나는 이삿짐을 풀며 원룸 한쪽의 알 수 없는 벽장을 어떻게 활용할지 고민했다.

벽장 크기는 반 평에 못 미치는 크기. 천장에 딱 달라붙었고, 천장과 바닥 중간쯤에서 끝난다. 마치 네모난 상자가 두둥실 떠 있는 것 같다.

수납공간은 이게 전부다. 여기에 이부자리를 넣으면 옷을 넣어둘 공간이 없으니까 이부자리는 벽장 아래에 개켜 쌓아두기로 했다.

현관에 들어서면 바로 화장실과 욕실이 있는 배치. 짧은 복도 끝에 직사각형 방. 바로 앞에는 허공에 뜬 벽장이 있고 안쪽으로 베란다가 있다. 베란다 앞은 부엌이다. 보기에 따라서는 방 전체가 부엌이라고 할 수도 있다.

일하는 책상은 어디에 놓을까?

이쪽으로 놓고 저쪽으로 놓아보다가 최종적으로 부엌 싱크대를 향해 놓기로 했다. 등 뒤에 벽을 두니 구역이 생겨 원룸이지만 방이 하나 늘어난 기분이었다. 그러나 요를 깔면 발 매트 하나 정도의 공간만 남았다.

가지고 온 가전제품은 전자레인지 하나. 엄마가 어디서 경품으로 받은 것이다. 엄마가 말하길, 필요한 가전제품은 동네 전파상에서 한꺼번에 사라고 했다. 고장 났을 때 친절하게 봐줄 거라는 이유에서였다. 당장 산책하다가 발견한 동네의 작은 전파상에 가봤다.

또래로 보이는 젊은 남자 점원이 가게를 보고 있었다. 냉장고, 세탁기, 에어컨. 세 개를 살 테니 좀 더 싸게 해달라고 흥정했다. 깎아서 사는 게 당연한 지역(오사카)에서 왔으니까 전혀 망설이지 않았다. 된다고 믿는 마음은 최강이다.

그렇지, 그러고 보니 나는 월세도 협상했다. 내 예산은 7만 엔. 빌리고 싶은 집은 7만 2천 엔. 어찌어찌해서 부동산 아줌마가 7만 엔으로 깎아줬다.

아줌마가 집주인에게 전화를 걸어서 했던 말을 기억한다.

"젊은 사람이 꿈을 품고 혼자 상경했으니까 응원 좀 해주자고요."

그 말 한마디에 2천 엔이 저렴해졌다.

그나저나 그런 상황에서 깎아달라는 말을 잘도 했다. 계속 문전박대만 당하다가 집을 빌려줄 것 같은 부동산을 겨우 찾았으면서 거기다 대고 "집세를 2천 엔 깎아주세요"라니, 보통은 안 그러지 않나?

생각났다. 심지어 화장실 변기 뚜껑을 무료로 달아달라고도 했다.

"뚜껑쯤은 좀 참지?"

부동산 아줌마가 말렸지만 나는 뚜껑을 원했다. 사용한 후에 뚜껑을 닫고 물을 내리고 싶었다. 뚜껑이 필요해요, 뚜껑 주세요. 아줌마는 "끄응" 하고 팔짱을 끼더니 또다시 집주인에게 전화를 걸었다.

"변기 뚜껑, 달아주면 어때요?"

위대한 그 한마디로 뚜껑이 생겼다. 부동산 중개업자와 집주인의 역학 관계는 미스터리지만, 한 가지 확실한 것은 내가 부동산 중개업자(부인 쪽)의 마음에 제법 들었었나 보다.

하던 이야기로 돌아오자면, 전파상에서는 값을 깎아주기로 했고 가게를 보던 점원이 설치까지 해줬다.

"여긴 월세가 얼마?"

배달하러 온 그가 물었다.

"7만 엔."

"비싸다."

그가 사는 공동주택은 도심에서도 역에서도 조금 떨어진 불편한 곳에 있지만, 이 집과 월세는 같은데 부엌 말고 방이 두 개나 있다고 했다.

"넓어야 살기 편하니까 틀림없이 더 좋을걸."

허공에 뜬 벽장 아래 공간까지 다 쳐도 네 평에 못 미치는 원룸을 둘러보더니 충고했다.

하지만 좁아도 나는 여기가 좋았다. 도심에서 가깝다. 역에서도 가깝다. 맨션 왼편은 세븐일레븐. 오른편은 세탁소. 정면에는 카페와 술집과 파친코 가게. 나중에는 이 파친코 가게에도 드나들었는데, 아무튼 번화한 게 재미있으니까 방 크기는 별로 중요하지 않았다.

전파상에서 청소기와 비디오 플레이어도 샀는데, 그때마다 그가 배달하러 왔다. 가전제품과 상관없는 선반 조립을 도와준 적도 있다.

일러스트레이터가 되려고 상경했다고 하자 그가 물었다.

"일 줄 데는 있고?"

"없어."

"어떻게 먹고살려고?"

"어떻게든 되겠지."

태평스럽게 가전제품을 사는 나를 보고 굉장히 신기해했다. 그리고 집을 또 한번 휘 둘러보고는 "좁네, 좁아"라고 한

탄하며 돌아갔다.

　가전제품을 다 갖추자 소원해졌고, 몇 년 후에 앞을 지나다 보니 전파상은 문을 닫았다.

　체구가 작고 다정한 사람이었다. 지저분해진 손끝을 수건에 벅벅 닦는 모습이 생각난다. 일하는 사람의 손이었다.

혼자 살기

가전제품도 갖췄다. 이사에 따라오는 각종 신고도 마쳤다. 이 흐름이라면 다음은 일러스트 영업이어야 하는데, 나는 아무것도 안 하고 진종일 잠만 잤다.

낮에 일어나 예능 프로그램 〈와랏테 이이토모!(웃어도 좋다고!)〉를 보며 아침 겸 점심을 먹고, 다 먹으면 텔레비전 앞에 벌러덩 누웠다. 텔레비전 옆은 냉장고니까 냉장고 앞에 누웠다고도 할 수 있는데 아무튼 비좁은 원룸에서 고양이처럼 계속 잠만 잤다.

눈 깜빡할 사이에 저녁이 됐다.

"오늘도 아무것도 안 했네."

반성은 아니다. 단순한 감상이었다.

그리고 옷을 갈아입고 밖으로 나갔다. 맨션은 소규모 상점가 한가운데. 왁자지껄한 거리를 굼벵이처럼 걸어 저녁을 사러 갔다.

상점가에 초저가 식료품 가게가 있었는데(훗날 이곳은 도산했다) 무질서하게 배치된 대량의 상품을 구경하며 걸으면 유쾌했다. 소비기한이 얼마 안 남은 파스타 소스를 미니 초콜릿과 같은 가격에 팔거나 일본어 설명이 일절 없는 수수께끼의 음식이 진열돼 있기도 했다.

엄마에게서는 주기적으로 전화가 왔다.

"밥 잘 챙겨 먹니?"

일을 그만두고 우왕좌왕 상경한 딸을 걱정하는 마음이 언제나 절절하게 전해졌다.

"응, 잘 챙겨 먹지! 도쿄, 되게 좋은 곳이야!"

즐거운 내 목소리를 듣고 엄마는 일단 안심하셨나 본데, 사실 나는 즐거운 듯 꾸며낸 내 목소리 이상으로 즐겁게 살고 있었다.

이사에 따른 각종 경비를 빼고도 회사원 시절의 저금이 아직 200만 엔이나 남아 있었다. 아~무것도 안 해도 대충 1년은 살 수 있다. 도쿄에 아는 사람 하나 없는 상황이 쓸쓸하지도 않았고 오히려 굉장히 마음 편했다.

돌이켜보면 사람은 의외로 자신을 잘 모른다는 생각이 든다. 나는 내가 신중한 성격인 줄 알았다. 세뱃돈을 안 쓰고 모

으는 아이였고, 자전거 타는 법도 소꿉친구 중에서 제일 꼴
찌로 배웠다.

초등학생 때였다. 과학 수업에 성냥불을 켜는 시험이 있었
다. 시험 전날, 가족이 지켜보는 가운데 연습했다. 겁먹은 내
게 엄마가 말했다.

"있는 힘껏 그으면 괜찮아."

어떻게 괜찮다고 단언할 수 있어?

나는 내가 그은 성냥불이 날아가 커튼이 모락모락 타오르
는 광경을 상상하며 떨었다. 나는 불이 아니라 '화재'가 무섭
다. 그 증거로 용수로에서 하는 여름철 불꽃놀이는 괜찮잖
아. 그 차이를 아무도 이해해주지 않아 속상했다. 그렇게 맞
이한 시험 당일, 학생들은 한 명씩 선생님 앞에서 성냥을 그
었다. 역시나 나만 못 했다.

"뭐가 그렇게 무섭니?"

선생님은 어이없어했으나 나로 말하자면 "왜 그렇게 안
무서워요?"였다. 교실이 불바다가 될지도 모르는데! 결국 모
두의 응원을 받으며 울면서 성냥에 불을 붙였다.

그토록 신중파였던 내가 어떻게 된 거람. 의지할 곳 하나
없이 상경해서는 낮잠 삼매경인 매일. 세상에, 이런 생활은
그 후로 반년이나 이어졌다.

나를 시험해보고 싶은 기분. 가족과 떨어지기 싫은 기분.

갈 것인가 말 것인가 몹시도 고민한 끝에 상경한 도쿄였다.
고민하거나 선택할 필요가 사라지자 졸음이 우르르 밀려왔
는지도 모른다.

방범 대책

　쇼핑몰에 남성용 팬티를 사러 갔다. 베란다에 걸어두기 위해서다. 밖에서 봤을 때 여자 혼자 사는 걸 모르게 하는 게 방범의 기본이라고 한다.

　어렸을 때, 팬티를 입은 마네킹이 신경 쓰여 어쩔 줄을 몰랐다. 엄마랑 같이 다이에 마트 2층 속옷 매장에 가면 남성의 하반신 마네킹이 늘어서 있었다. 저 안은 어떻게 생겼을까? 한 번쯤은 내려서 확인해보고 싶었다.

　남성 속옷 매장에는 손님이 드문드문했다. 남성용 팬티 구매는 난생처음. 당황하는 걸 들키지 않으려고 '남편 팬티인데요? 익숙하게 사거든요?'라는 표정으로 둘러본다.

　브리프는 너무 적나라하다. 무난하게 체크 트렁크를 집어 들고 계산대로 갔다.

　집에 돌아와 바로 베란다 빨랫줄에 걸었다. 바람에 나부끼는 트렁크. 왠지 모르게 깃발 같다. 돛을 올려라! 자, 출항이다! 이렇게 위풍당당하다.

방범이라면 현관 쪽도 중요하겠지. 문을 열었을 때 남자 신발이 눈에 띄게 하려고 안 신는 아버지 신발이 있으면 보내달라고 엄마에게 부탁했다.

베란다에서 펄럭이는 트렁크.

현관에는 닳고 닳은 아버지의 까만 가죽 구두.

세련된 도시 생활과는 거리가 멀지만 방범을 위해서니 어쩔 수 없다. 우편함에는 내 이름과 함께 아버지 이름도 적어뒀다.

맨션 입구에는 관리인실이 있었다. 관리인은 키가 크고 빼빼 마른 아저씨였다. 매일 저녁이 되면 퇴근을 하는데 주민인 내 눈에는 어디 외출하는 것처럼 보였다.

내가 아는 한 관리인은 늘 빈손으로 다녔다. 그런데도 어째서인지 몸놀림이 가벼워 보이지 않는 사람이었다. 사무실에서는 보통 책을 읽고 있었다. 번뜩이는 눈동자에 박력이 넘쳐서 경비원으로서는 든든한 존재였지만 입주민이 밝게 인사를 건네고 싶은 분위기는 전혀 없었다.

그래도 나는 매번 "안녕하세요~"하고 활기차게 인사했다. 맨션 안에서 어떤 문제가 생길지 모른다. 관리인과 낯을 익혀두는 게 좋다. 그렇게 한 보람이 있어서, 관리인 사무실 앞을 지날 때면 "오오, 잠깐 기다려요"라며 가끔 내게 과자를 주기도 했다. 그럴 때도 매처럼 날카로운 눈빛. 어지간한 일로는 웃지 않는 사람이었다.

어느 날, 딩동 초인종이 울렸다. 문을 열자 관리인이 서 있었다. 순간 흠칫했다. 결국엔 집에까지 왔잖아.

"괜찮다면 이거."

관리인은 비닐봉지에 가득 든 롤빵을 건넸다. 맨션에 제빵이 취미인 사람이 사나 본데, 나눠 받은 것을 내게 또 나눠준 것이다.

롤빵은 보기에는 부드러웠는데 먹어보니 딱딱했다. 누가 봐도 초보자의 실패작. 한두 개는 어쩔 수 없이 먹었지만 남은 건 전부 말려서 빵가루로 만들었다. 그래도 관리인에게는 "맛있었어요!"라고 말할 수밖에 없었으니, 그 결과 딱딱한 롤빵이 빈번히 배달되고 말았다. 관리인도 처치하기 힘들었겠지. 우리 집에 빵가루가 쌓였다.

낮잠을 자는데 초인종이 울렸다. 나가보니 역시나 관리인이었다. 아아, 롤빵……인 줄 알았는데 그날은 아니었다. 맨션 주민이 책을 잔뜩 남기고 이사했으니 갖고 싶은 책이 있으면 가지라는 것이다. 한가하니까 보러 가기로 했다.

짐이 다 빠진 그 집은 한눈에도 넓어 보여 놀랐다. 방 세 개와 거실 겸 주방이 있는 구조로 내 원룸과 비교됐다. 방

중앙에 쌓인 책은 화집이나 사진집으로 비싸 보이는 것들만 잔뜩.

"갖고 싶은 만큼 다 가지고 가도 돼."

관리인은 그때까지 본 적 없는 의기양양한 표정이었다. 그러나 정작 요긴해 보이는 책은 전부 너덜너덜했다. 건드리는 것조차 꺼려졌는데 한 권도 안 챙기면 관리인에게 미안한 일이라 나중에 버릴 생각으로 몇 권 들고 왔다. 생각해보니 쓰레기 처리장 청소도 관리인의 일이었으니까 아마도 그때 나는 세심하게 주의를 기울여 버렸으리라.

그건 그렇고 베란다 트렁크의 결말이다. 1년 내내 널어뒀더니 최후에는 바짝 말라 종잇장처럼 변했다.

새로운 내가

상경했다. 도쿄에 나를 아는 사람은 거의 없다. 새로운 나를 연출할 좋은 기회다.

'담배를 피워볼까?'

지금 생각하면 기묘한 발상인데, 나는 타고나길 진지한 성격이니까 상당히 진지하게 생각했을 것이다. 일러스트레이터처럼 영어로 된 직업을 가지려면 멋있는 것도 중요하다. 대충 그런 사고 회로로 '담배를 피워볼까?' 했을 텐데, 돌아보면 당시 나는 경악할 정도로 일러스트레이터가 뭔지 아무것도 몰랐다.

심지어 와다 마코토 씨의 이름도 몰랐다. 와다 마코토 씨라면 일러스트 업계의 거물. 유명 주간지인《주간분슌》의 표지를 비롯해 포스터, 그림책, 책 표지 등 다양한 분야에서 일러스트를 그렸을 뿐 아니라 〈마작 방랑기〉, 〈쾌도 루비〉 등의 영화감독으로도 이름을 떨친 어마어마하게 유명한 분이다.

어떻게 모를 수가 있었는지 지금은 그저 놀랍기만 하다.

아무튼, 잘나가는 일러스트레이터가 되기 위해 담배를 사러 나간다.

맨션 바로 옆에 세븐일레븐이 있었다. 그러나 거기에서 사는 건 너무 부담이 컸다. 왜냐하면 나는 담배 제품명을 모른다. 세븐일레븐 계산대에 쭉 진열된 담배를 앞에 두고 "어~느~것~으~로~할~까~요~" 하고 무사태평 골라도 될 만큼 도쿄는 한가로운 도시가 아니다. 나는 세븐일레븐과 반대 방향에 있는 담배 자판기로 향했다.

자판기는 상점가 외곽의 우체통 옆에 있었다. 종종 오사카 친구들에게 보내는 편지를 그 우체통에 넣었기 때문에 위치를 알고 있었다. 왜 편지를 보내느냐면 당연히 유선전화의 원거리 전화요금이 비싼 시대였으니까.

상경하기 전에는 고향 친구들과 매일 밤 길게 통화했다. 상경한 후로는 편지로 바뀌었는데, 곰곰 생각하니 편지에 쓸 만한 이야기가 별로 없다는 걸 깨달아 편지 교환은 그리 오래 이어지지 않았다.

그리고 나는 밤을 손에 넣었다.

유유자적한 나만의 시간. 친구와의 즐거웠던 긴 통화는 과거의 지층이 되고, 새로운 시대가 찾아왔다. 어려서부터 일기를 썼는데 도쿄에 온 후로 쓰는 양이 점점 늘어났다.

하던 이야기로 돌아와 우체통 옆의 담배 자판기다.

어~느~것~으~로~할~까~요~.

담배 포장지를 차분히 바라봤다. 익숙한 디자인이 있었다. 세븐스타. 아버지는 세븐스타를 좋아하셨다.

"7이라고 적힌 거다."

"응."

심부름하러 갈 때 나눈 짧은 대화가 생각난다. 돌아오는 길에 내가 좋아하는 아이스크림을 사 먹어도 된다고 해서 아버지의 심부름은 즐거웠는데, 가게 아저씨가 어린아이인 내가 담배를 피운다고 오해할까 봐 매번 고개를 푹 숙이고 "세븐스타 주세요"라고 웅얼거렸다.

그렇다면 역시 세븐스타인가. 도쿄에 거주하는 일러스트레이터가 피우는 담배로는 뭐가 정답일까? 만약 그때 내가 와다 마코토 씨를 알았다면 틀림없이 하이라이트를 샀겠지. 하이라이트 포장지를 와다 마코토 씨가 디자인했다.

"먼저 해도 될까요?"

등 뒤에서 남성의 목소리가 들렸다. 자판기 앞에 한참이나 우두커니 선 나를 기다렸나 보다.

"아, 먼저 하세요."

허둥지둥 뒤로 물러섰다.

그가 떠난 뒤, 이번에는 서둘러 버튼을 눌렀다. 대충 골라서 제품명은 기억 못 하는데, 사고 나서 이유는 모르겠지만 도망치듯이 집에 돌아왔다.

귀가하자마자 바로 문제가 발생했다. 담배 피우는 법을 모른다. 연기는 어느 타이밍에 내뿜어야 하지. 너무 빨리 내뿜으면 멋이 없을 것 같고, 그렇다고 너무 오래 머금으면 건강 면에서 불안하다. 적절한 시간을 연구할 필요가 있었다.

문제는 또 있었다. 불이다. 나는 어려서부터 유달리 불에 공포심을 느꼈고 어른이 된 후에도 라이터를 켜는 게 사실 조금 무서웠다. 책이나 잡지 같은 종이류를 치우고 커튼에서 최대한 멀리 떨어져서 담배에 불을 붙였다.

연습은 마쳤다. 자, 동네 도토루 커피점에 가서 담배 데뷔를 해보자고.

계산대에서 커피를 주문한다. 태연한 얼굴로 재떨이를 들고 자리에 앉는다. 먼저 커피를 한 모금 마신다. 이제 담배를 피워도 되나? 아직 일러. 한 모금 더 마신다. 또 한 모금 더. 드디어 때가 온 것 같다. 라이터로 담배에 불을 붙였다. 집에서 연습한 대로 빨아들였다. 그리고 내뿜었다. 가게 거울에 비친 나와 눈이 마주쳤다. 하나도 안 어울렸다. 흡연은 그만두기로 했다.

엄마가 오다

엄마가 도쿄에 왔다.

상경하고 한 달쯤 지났을 때였나. 딸이 어떻게 지내는지 살펴보러 온 것이다. 도쿄역 신칸센 플랫폼까지 엄마를 마중 나갔다.

"그럭저럭 혼자 잘 왔네."

엄마에게는 대모험이다.

바로 야마노테선을 탔다. 유락쵸역(도쿄의 중심지인 긴자거리 입구에 있다)이 가까워졌을 때, "옛날에 〈유락쵸에서 만나요〉라는 노래가 있었어!" 하고 엄마가 흥분했다.

"유락쵸에는 뭐가 있니?"

엄마가 물어서 "글쎄, 모르겠네" 하고 대답했다. 나도 아직 거기서 내려본 적이 없었다. 나는 지금도 유락쵸를 즐기는 법을 잘 모른다.

야마노테선을 갈아타고 집 근처 역에 도착했다. 왁자지껄한 동네를 보고 엄마는 일단 안심한 듯했다. 맥도날드도 있다. 미스터도넛도 있다. 한산한 곳에서 혼자 쓸쓸하게 지내진 않을까 걱정했는지도 모르겠다.

맨션에 관리인이 있다고 미리 말해뒀다.

"모쪼록 잘 부탁드려요."

엄마가 과자를 선물하며 인사했다.

엘리베이터를 타고 3층으로 올라갔다. 집에 들어가자마자 엄마가 말했다.

"볕이 잘 들어서 지내기 좋겠네, 그렇지?"

나는 그 순간의 엄마에게 지금도 감사한다. "왜 이리 좁니?"나 "이 크기에 7만 엔이라고?" 등 머릿속에 떠오른 말이 달리 있었을 텐데. 그래도 부정적인 말은 한마디도 하지 않았다.

저녁은 밖에서 먹기로 했다. 동네에 인도인이 경영하는 본격적인 인도 카레 가게가 있어서 엄마를 안내했다.

상점가 빵집 2층에 있는 가게였다. 테이블 자리 서너 개와 짤막한 카운터석. 가게 안에 향신료 향이 가득했다.

테이블 자리에 앉으니 바로 메뉴판을 가져다줬다.

"사람이 참 다정해 보이네."

엄마는 조금 긴장한 것 같았다. 본격 인도 카레는 물론이고 인도인을 만나는 것도 엄마에게는 처음이었다.

"여기 카레는 매우니까 단맛으로 시키는 게 좋을 거야."

내 조언대로 엄마는 단맛을 골랐는데 그래도 상당히 매웠는지 "카레 한 스푼으로 밥 한 그릇을 다 먹었다니까"라고 지금도 내게 우스갯소리를 한다.

그 카레 가게도 이젠 없어졌지만 도쿄에서 사귄 친구와 함께 자주 다녔었다.

한번은 친구와 둘이 밥을 먹는데 점원인 인도 청년이 콩 반찬을 서비스로 내줬다. 자기 어머니가 보내준 콩으로 만들었다고 한다. 그런 귀한 음식을 먹어도 되겠나 싶어 사양했는데, 그는 먹어주면 좋겠다고 했다.

"오늘 제 생일이거든요."

우리는 고맙다고 하고 "맛있어요, 맛있어" 하며 먹었다. 정말로 대단히 맛있었다. 의외로 매운 요리가 아니었다. 나는 먼 곳에 사는 그의 어머니를 생각했다. 어떤 곳에서 살고 있을까? 적적한 동네는 아닐까? 안전할까? 즐거운 일도 많이 있을까? 틀림없이 자식을 걱정하고 있을 것이다. 당연한 말이지만 인도 어머니는 오사카의 우리 엄마보다 훨씬 멀리 있다.

자, 엄마와 인도 카레를 먹은 다음 날, 같이 전철을 타고 시부야에 쓰레기통을 사러 갔다. 집에 아직 쓰레기통이 없었다. 왜냐하면 도시 생활에 어울리는 멋진 쓰레기통을 찾고 있었으니까.

"쓰레기통은 뭐든 상관없잖니?"

엄마는 어이없어했지만 나는 여러모로 따져가며 물품을 갖추고 싶었다.

시부야 로프트(각종 잡화를 판매하는 대형 쇼핑몰)에서 쓰레기통을 고르고, 그 밖에 이것저것 부족한 생활용품을 바구니에 담았다.

"엄마가 사줄게."

그러는 엄마를 말리고 나는 직접 계산했다.

전부 내 돈으로 하고 싶었다. 이사 비용도, 집의 보증금과 사례금(일본에서는 월세로 들어갈 때 집주인에게 보증금인 시키킨과 사례금인 레이킨을 내는데, 보증금은 이사 갈 때 돌려받지만 보통 월세 한두 달 치인 사례금은 돌려받지 못한다), 가전제품이나 가구까지 전부 단 한 푼도 부모님에게 기대기 싫었다. 도쿄에서 나를 시험한다는 건 그런 거다. 나는 하여간 황소고집이다.

그래도 아버지에게는 10만 엔을 받고 말았다.

상경하기 일주일쯤 전이었나. 아버지가 우체국 현금카드를 내밀며 내게 말했다.

"필요한 만큼 인출해 오거라."

나는 감동하기보다 넌더리가 났다. 전부 다 혼자서 하고 싶은 내 마음을 왜 존중해주지 않는 거지. 그래도 아버지의 쑥스러운 표정을 앞에 두고 어떻게 무작정 거절하겠는가?

아버지에게도 엄마에게도 전혀 상의하지 않았다. "도쿄에 갈 거야"라고 통보했다. 아버지도 딸의 상경이라는 일대 이벤트에 어떤 형태로든 참여하고 싶으셨던 모양이다. 나는 현금카드를 받아 다음 날 우체국에 갔다.

그나저나 얼마나 뽑으면 되지?

3만 엔, 5만 엔으로는 아버지가 보람을 못 느낀다. 그래서 10만 엔을 뽑았다.

"뭐야, 고작 그만큼?"

카드를 돌려주며 금액을 말하자, 아버지는 상당히 맥이 풀린 듯했다. 고집불통인 딸에게는 오히려 너무 큰 금액이었다. 그 후로 아버지는 오사카-도쿄 신칸센 티켓을 여섯 장이나 주셨다. 언제든 돌아오라는 뜻이었으리라.

쓰레기통을 사고 이것저것 생필품을 갖추자 엄마는 어느 정도 내 생활을 수긍하는 것 같았다.

도쿄역까지 엄마를 배웅했다. 엄마를 태운 신칸센이 떠나자 눈물이 차올랐다. 기다렸다는 듯이 계속해서 흘러넘쳤다. 쓸쓸해서 흐르는 눈물은 아니었다. 나를 걱정해서 찾아와준 사람이 떠나가는 상황에 감정이 북받쳐 쏟아진 눈물이었고,

그 증거로 밤이 되자 씻은 듯이 쏙 들어갔다.

"어디에 둘까나~."

좁은 집에서 새 쓰레기통을 이리로 저리로 옮겼다.

핫케이크

　필요한 최소한의 주방용품을 갖추고 1구짜리 가스레인지도 설치했다. 나 홀로 살기. 본격적인 자취는 처음이었다.

　아침은 식빵이나 간식 빵, 샌드위치. 저녁은 카레나 파스타. 좋아하는 음식만 간단히 먹는 식사 스타일이 완성됐다. 이때는 '정성스러운 생활' 같은 라이프스타일이 두각을 드러내기 전이어서 정성스럽지 않은 생활에도 전혀 켕기는 게 없었다.

　동네 초저가 식료품점에서 초저가 핫케이크 믹스를 자주 샀다. 초저가 달걀과 초저가 우유도 같이 사서 초저가 핫케이크를 한꺼번에 대량으로 구웠다. 이 작업이 제법 즐거웠다.

　프라이팬에 기름을 두른다. 반죽을 붓는다. 한쪽이 구워지면 뒤집어서 또 굽는다. 접시 위에 핫케이크를 척척 쌓는다. 마치 그림책 속 풍경 같았다.

　어린 시절, 부모님이 핫케이크를 만드는 장난감을 사줬다.

작은 접시만 한 프라이팬이 있고 전열기로 굽는 핫케이크다.

나는 의기양양하게 핫케이크를 구웠다. 부모님 입장에서는 자신들이 사준 장난감으로 어린 딸이 신나게 노는 모습을 지켜보는 게 얼마나 흐뭇했을까.

"가게에서 파는 것보다 맛있네."

자그마한 핫케이크를 매번 허풍을 떨며 먹어줬다.

이윽고 성인이 된 그 딸은 도쿄에서 또 핫케이크를 굽는다.

대량의 핫케이크를 한 장 한 장 초저가 랩으로 싸서 냉동했다. 초저가 식빵도 얼려둬서 냉동실은 늘 꽉꽉. 핫케이크는 부러지고 구부러져서 매번 괴상한 형태로 얼었다.

한번은 해가 잘 드는 베란다에서 점심을 먹었다. 테이블도 의자도 없다. 10센티미터 정도 '높낮이 차'가 나는 곳에 앉아 주택가의 지붕을 바라보며 식빵을 우물거렸다.

머리 위에는 바람에 나부끼는 방범용 트렁크. 정신이 사나워서 베란다에서 밥을 먹은 건 딱 한 번뿐이다. 그런데도 그 초여름 날이 묘하게 기억에 남는다. 앉아서 내려다본 내 허벅지나 샌들을 신은 내 발가락 같은 게.

베란다 바닥은 짙은 녹색으로 칠해져 있었다. 처음 집을 보러 왔을 때 '꼭 잔디 같아서 좋네'라고 생각했는데, 거기 앉아 뚫어지게 바라봤더니 '이런 짙은 녹색, 자연계엔 없지' 하고 냉정해졌다.

한밤중의 사건

　내가 사는 집의 주인은 노부부로, 내 부주의 때문에 누수가 생겼을 때도 자기 일처럼 나서줬다. 다정한 분들이었다.

　누수 피해를 본 곳은 바로 아랫집이었다. 법률사무소 같은 곳이었는데 사장님은 "괜찮아요, 괜찮아" 하고 웃었는데 젊은 부하직원이 버럭버럭 화를 냈다.

　"우리 사장님은 사람이 좋아서 저렇게 말하지만요, 벽지는 벗겨졌고 컴퓨터도 이상해졌거든요!"

　집주인과 함께 과자를 들고 찾아간 나는 거듭 사과를 했다. 결국 이런저런 보험으로 처리하기로 해 원만하게 해결됐는데, 엉뚱한 곳에서 귀찮은 일이 생겼다. 두 집 건너 사는 아저씨의 안경이 망가진 사건이다. 한밤중에 내가 누수 때문에 소란을 피우는 소리에 놀라 안경을 밟아 망가뜨렸다는 것이다. 2만 엔이나 하는데 어떻게 할 거냐는 불평이었다.

그 아저씨는 가끔 봐서 알고 있었다. 조금 무섭게 생겼고, 항상 옅은 회색 안경을 쓰고 있었다. 그게 망가졌을지도 모른다.

나로서는 '그걸 왜 내가 변상해야 할까?' 싶지만, 화를 내는 사람은 자기 규칙에 따라 화를 낸다. 본인이 생각하기에는 이치에 맞으니까 내 의견 따위는 불난 집에 부채질일 뿐이다. 어떻게 해야 하나 골치가 아팠다.

그럴 때 믿을 인물이 관리인이다.

관리인과 나는 롤빵으로 엮인 사이. 관리인실에 가서 안경 아저씨가 어떤 사람인지 슬쩍 떠봤다. 관리인이 말하기를, 겉보기에는 무섭지만 의외로 시원시원한 면이 있다고 했다.

그렇구나. 그런 사람이라면 그저 무조건 사과하는 게 좋겠지.

결전의 날이 왔다. 관리인이 입회한 가운데 아저씨가 내게 불만을 퍼부으러 오는 날이다. 나는 우리 집 앞에서 대기했다. 내 곁을 지킨 분은 집주인 할머니. 작은 체구에 점잖은 할머니는 불안한 표정으로 내 옆에 서 있었다.

아저씨네 집 문이 열렸다. 아저씨는 회색 안경을 썼다. 그렇다면 망가진 건 다른 안경인가? 이제 그런 건 아무래도 좋다.

이쪽에서 승부를 걸자.

머리가 아니라 몸이 움직였다. 나는 아저씨를 목표로 10미터 정도 떨어진 거리를 후다닥 달려가, 고개를 숙이지 않고 그의 눈을 바라보며 사과했다.

정말 죄송합니다! 제 부주의로 너무 큰 폐를 끼쳤습니다. 소중한 안경이 망가지다니 정말 죄송해요. 이렇게 폐를 끼쳤으니 저는 이 맨션에서 쫓겨날지도 몰라요. 그래도 전부 제가 잘못했습니다. 죄송합니다. 정말 죄송합니다.

사과하는 내 목소리를 들으며 점점 더 감정이 북받친 나. 어안이 벙벙해진 아저씨는 "으음, 그렇게까지 사과한다면야 됐수다"라며 순순히 한 발 물러났다. 의외로 시원시원한 사람이라는 관리인의 판단이 옳았다.

"용서해주셔서 감사합니다. 관리인 아저씨께 참 좋은 분이라는 말씀을 들었어요. 정말 감사합니다!"

다들 보는 앞에서 고맙다는 소리를 들어 아저씨 체면도 살았으니 한 건 해결했다.

언어의 터널

낮에 일어나 식빵을 먹고 뒹굴뒹굴. 버라이어티 쇼를 보며 뒹굴뒹굴. 저녁을 먹고 뒹굴뒹굴. 지나치게 뒹굴뒹굴해서 어깨가 결리는 바람에 접골원을 찾는 무직자. 그게 당시의 나였다.

어느 날 산책하다가 접골원을 발견했다. 앞에 공원이 있어서 벤치에 앉아 잠깐 정찰했다.

드나드는 손님이 많았다. 인기 있는 접골원인가 보다.

좋았어, 들어가보자. 내부는 창이 커서 밝았다. 침대가 여러 개 있고 시술하는 선생님은 네다섯 명. 분위기가 꽤 괜찮았다. 다만 첫 진료에는 보험증이 필요하다고 해서 다음 날 보험증을 들고 다시 찾았다. 나는 시간이 남아돌 정도로 많으니까 전혀 문제 없었다.

낮 시간대 접골원에는 어르신이 대부분이다. 거기에 20대인 내가 불쑥.

"어깨가 결려서요……."

어깨와 등을 주물러줬다.

온종일 아무와도 대화하지 않는 생활에서 오랜만의 접촉이었다. 별로 외롭지는 않았지만 기분이 좋아서 계속 다녔다.

선생님들은 대부분 20대, 30대의 청년이었다.

"무슨 일을 하세요?"

이런 질문쯤은 받았을 텐데 뭐라고 대답했더라.

접골원으로 가는 주택가 샛길을 지금도 또렷이 기억한다. 언덕길을 내려가면 바로 담쟁이덩굴로 뒤덮인 오래된 찻집이 나오는데, 언젠가 한번 들어가보고 싶긴 한데 그게 오늘은 아니라고 생각하며 지나치곤 했다. 결국 가보지 못하는 사이 몇 년 후에 사라졌다.

멋진 맨션을 발견하고 스케치를 한 적도 있다. 뒹굴뒹굴 & 마사지인 나날만으로는 안 되니 뭔가 해보자고 결심했을지도 모른다. 스케치북을 한 손에 들고 길에서 맨션을 연필 데생. 그러나 머릿속으로 떠올린 이미지만큼 잘 그리지 못해 딱 한 번 만에 좌절했다. 그 맨션은 지금도 있지만 '아니, 이게 뭐가 멋있다고 생각했지?' 싶어서 수수께끼다. 이걸 스케치했을 때의 나는 어지간히도 촌스러운 사람이었음이 분명하다.

나는 접골원에 다니며 한 가지를 실천했다. 바로 오사카 사투리를 쓰지 않는 것이다. 오사카 사투리를 봉인하고 텔레비전 드라마에 나오는 인물들의 말투를 흉내 내서 선생님들과 대화를 시도했다. 그러자 원래 내 분위기와는 다른 인물이 만들어졌다. 어딘지 느긋하고 점잖은 느낌의 나였다. 본래 나는 조급한 성미라서 그 모습이 매우 신선했다.

세월이 흐른 지금도 나는 텔레비전 드라마 속 인물처럼 말한다. 본가에 가면 당연히 오사카 사투리를 쓰지만, 도쿄에서 말없이 신칸센을 타고 귀성하니까 본가 문을 열 때까지 머릿속은 평소 그대로다. 그러니 항상 처음에는 오사카 사투리와의 적절한 거리감을 파악하지 못해 조금 과장된 억양의 오사카 사투리를 쓰는 딸이 되고 만다.

돌이켜보면 그 접골원은 내게 오사카와 도쿄 사이에 있는 언어의 터널이었을지도 모른다.

아르바이트를 시작하고는 접골원에 가는 발길도 뜸해졌는데 그래도 한 달에 한 번은 다녔다.

운동 좀 해라.

선생님들은 분명 그렇게 생각했을 것이다. 지금의 나도 그렇게 생각한다.

아르바이트 찾기

반년쯤 빈둥빈둥 마사지를 받으러 다니며 살았더니 저금액도 줄어들었다(그야 그렇겠지). 슬슬 해볼까, 아르바이트. 이런 면에서는 꽤 현실적인 편이라 불확실하게 일러스트를 영업하러 다니기보다는 우선 아르바이트를 시작하기로 했다.

고등학교 1학년 때부터 사회인이 될 때까지 다양한 아르바이트를 했다. 반찬 가게, 우동 가게, 빵집, 오코노미야키 가게, 도넛 가게, 패밀리레스토랑.

"어서 오세요!"

접객이 적성에 맞았다. 참 신기하게도 소규모 자리에서 자기소개를 할 때도 긴장하는 성격인데 손님 앞에서 큰 소리로 외치는 건 아무렇지 않았다. 열 명 앞에서 자기소개를 하는 것보다 손님이 100명이나 있는 홀을 뛰어다니며 "3번 테이블, 계산입니다!"라고 소리 지르는 편이 몇 배는 편했다.

자, 도쿄에서의 첫 아르바이트다. 제일 먼저 후보에 오른 곳은 살고 있는 맨션 맞은편 술집이었다.

빌딩 지하에 있는 가게였다. 내부가 어떤지는 모르나 아르바이트를 하는 남자들이 간판을 내놓거나 심부름을 가는 모습을 종종 봤다.

저기에서 일하면 사랑도 피어나지 않을까?

마침 아르바이트 모집 벽보가 붙어 있어 가게로 전화를 걸었다. 무뚝뚝한 여성이 받았다.

"우리 가게는 남자애들만 모집해요."

나의 도쿄 로맨스는 시작되지 않았다.

그래서 근처 카페에서 일주일에 5~6일 아르바이트를 시작했다. 가게에서 일하는 사람은 모두 또래 여성이었는데, "저기, 있지" 하고 말을 걸었을 때는 놀랐다. 간사이의 "어이"나 "야"가 아니라 "저기, 있지"다. 그 소리는 어쩐지 상냥하게 들렸다. 하지만 좋은 사람이라고 마음 놓고 있었는데 겪어보니 독설가였던 적도 있다.

'진짜로 상냥한 사람은 누구일까?'

처음에는 분간하기 어려웠다.

"있지, 오사카 사투리 한번 해봐."

아르바이트 동료들이 이렇게 조를 때도 있었다. 사투리로 말했더니 "오사카 사투리 처음 들어!" 하고 기뻐했다.

동료들은 '바나나'의 발음이 다르다며 웃었고, '커피' 발음이 다르다며 웃었다. 나는 오사카 사투리를 하는 재미있는 사람이 되어갔다.

그러나 이런 건 오래가지 않으리라는 생각도 들었다. 바나나나 커피 발음이 다르다고 해서 나를 영원히 재미있게 여길 리가 없다. 내게는 오사카 사투리 이외에도 나다운 면이 있다. 고향을 떠나고 나서야 그런 생각을 하기 시작했다.

접골원에서 갈고닦은 드라마 말투에서 한 단계 더 나아가기 위해 아르바이트 동료들의 말투를 적극적으로 흉내 내기로 했다. 어미에 "~했잖아"를 쓰는 아이가 있으면 따라 했고 "있잖아~"도 도입했고, "그치"도 더 자주 사용해서 "저기, 있잖아, 이번 근무표 말인데"라는 말이 술술 나오기 시작했다.

가게에는 유니폼이 있었다. 하얀 블라우스와 까만 스커트는 자기 부담이었다. 베이지색 앞치마만 가게에서 지급했고 세탁은 직접 했다. 처음에는 매번 탈의실에서 갈아입었는데 점점 귀찮아져서 집에서 유니폼 차림으로 나가서 유니폼 차림으로 퇴근했다.

"어, 그러고 왔어?"

직원이나 아르바이트 동료도 어이없어했다.

마음 맞는 친구도 생겨서 휴일을 맞춰 함께 놀러 다니기도 했다.

그것은 나 혼자로 완결됐던 세계의 종언이기도 했다.

갓 상경해서 아무것도 없이 외톨이였던 나날이 지금도 그립다. 그건 마치 미술 시간에 새하얀 도화지를 받고 들뜨는 기분과 비슷했던 것 같다.

일러스트 영업

　직접 그린 그림을 들고 영업하러 가기. 일감을 얻기 위한 가장 간단한 첫걸음이다.

　좋아, 어디에 영업을 하러 갈까?

　서점에 가서 일러스트가 많이 들어간 잡지를 찾았다. 내게는 딱 이런 일을 하고 싶다는 비전이 특별히 없었다. 다만 서른 살이 되면 일러스트만으로 생계를 꾸려야겠다는 대략적인 목표가 있었을 뿐. 요리 관련 잡지에는 요리 순서나 재료, 냄비나 프라이팬 등의 일러스트가 많이 실려 있었다. 신인에게도 기회가 있을지 모른다.

　그런 이유로 영업용 요리 일러스트를 그리기로 했다. 흠, 어떤 요리가 좋을까. 세련된 요리가 좋을 것 같은데, 세련된 요리란 도대체 뭐지.

　부야베스. 응, 멋지네.

로스트비프. 멋져.

　피자. 아마도 멋지지.

　도서관에서 프랑스 요리와 이탈리아 요리 책을 빌려 멋있다고 생각되는 음식을 열심히 척척 일러스트로 그렸다. 맛있어 보이도록 냄비나 식기에는 빨간색을 많이 쓰고, 요리를 먹는 사람이나 채소, 과일 일러스트도 그렸다. 열댓 장쯤 그렸을까. 편의점 복사기는 아직 흑백 기능만 있어서 동네 인쇄 가게에 가서 컬러로 복사했다. 그렇게 영업용 파일 몇 권을 완성했다.

　당장 요리 잡지 편집부에 전화를 걸었다.

　"일러스트를 보여드리고 싶습니다만, 담당하시는 분이 계실까요?"

　이메일이 없던 시대의 목가적인 영업 방식이다. 비교적 쉽게 만나주겠다고 해서 출판사에 찾아갔다.

　담당자가 편집부 구석 책상에 앉아서 일러스트를 살펴봐줬다. 가볍게 잡담을 나누고 "이 파일을 저희가 가지고 있어도 될까요?"라는 흐름이 되어 "네, 뭐든 일이 있으면 모쪼록 잘 부탁드립니다!" 하고 인사하면 종료다. 걸리는 시간은 대략 15분. 나처럼 영업하러 오는 청년이 꽤 많을 테니 일러스트 파일도 대량으로 보관하고 있을 것이다.

　영업을 다녀온 후에는 감사 엽서를 썼다. 시간을 내서 만

나눴으니, 일을 주든 안 주든 먼저 감사 인사를 하는 게 예의 아닐까. 솔직한 마음을 담아 엽서를 보내자 얼마 지나지 않아 일이 들어왔다. 감사 엽서를 보내는 사람은 흔치 않다는 말을 들었다.

과연, 내가 영업을 받는 입장이 되어 생각해봐도 이왕이면 고맙다고 인사하는 사람에게 일을 주고 싶은 것이 인지상정이다. 사람은 의외로 그런 걸로 움직여주는구나 싶어서 기분이 밝아졌다.

이러저러해서 일감이 드문드문 들어왔다. 그러나 일러스트 한 컷에 몇천 엔. 한 번 일하면 3만 엔 정도. 그렇게 한 달에 한두 번으로는 수입이 턱없이 부족했고 당연히 일감이 전혀 없는 달도 있다. 아르바이트 급여를 받으니 생활에는 지장이 없지만 다음 수를 고안해야만 했다.

아르바이트를 쉬는 날에는 우직하게 영업하러 다니던 어느 날 밤, 문득 이런 생각이 들었다.

하얀 종이에 일러스트만 덩그러니 그려서는 임팩트가 부족하지 않을까?

그래서 제목을 달아보기로 했다. 영업하러 갈 출판사의 잡지를 사서 '맛있는 감자 레시피!' 같은 제목을 오려 직접 그린 감자요리 그림 옆에 붙였다. 그랬더니, 세상에나! 제목 하나 생겼을 뿐인데 인상이 화사해지지 뭔가. 나는 각종 제목을 오리고 그에 어울리는 일러스트를 그렸다. 그걸 다시 인쇄 가게에서 복사. 이렇게 완성한 새로운 파일은 전에 것보다 훨씬 많은 일감으로 연결됐다.

　매번 다니던 인쇄 가게 직원과도 친숙해졌다.

　"오늘은 몇 장이야?"

　같은 가격에 한 장이라도 더 많이 컬러 복사를 할 수 있도록 용지 크기를 고심해줬다. 편의점에서 컬러 복사를 할 수 있게 된 후로 점차 발길이 뜸해졌고, 인쇄 가게는 어느샌가 카페로 바뀌었다.

신기한 편집부

"은어 먹어요?"라는 질문에 "네" 하고 반사적으로 대답했다.

지금은 없어진 편집부에 영업을 하러 갔을 때 일이다. 잔뜩 긴장하고 문을 열었는데 갑자기 들린 은어라는 수수께끼의 키워드.

"자, 여기요."

편집자로 보이는 사람이 건네준 것은 은어 모양의 화과자였다.

시각은 해 질 무렵. 부서 내에는 책상에 앉아 뭔가 쓰는 사람, 전화를 하는 사람, 서서 대화하는 사람, 멍하니 앉아 있는 사람이 있다. 어째서인지 장기를 두는 사람들도 있었다. 온천 여관의 창가에 놓아둘 법한 작은 테이블에 마주 앉아 탁탁 장기짝을 움직였다.

어릴 때 아버지에게 장기를 배운 적이 있다. 아버지는 가르치는 데는 서툰 사람이었다. 추켜세우거나 칭찬하며 아이의 의욕을 끌어내지 못했다. 오히려 아이를 상대로 욱해서는 "왜 거기다 둬, 이렇게 했으면 이렇게 와야지"라며 곧바로 다시 두게 했다. 배우는 동안에도 전혀 재미를 못 느꼈고, 결국 장기짝을 놓는 법 정도만 배우고 멀어졌다.

그때 조금만 더 잘 가르쳐줬으면 늘그막에 딸과 장기를 즐길 수 있었을 텐데. 입원한 아버지를 병문안하면서 그런 생각이 들었지만, 애초에 내게 소질이 없었을지도 모른다.

아무튼 하던 이야기로 돌아와서, 장기 두는 사람들이 있는 신기한 편집부였다.

아저씨 비율이 높은 편집부라고 생각하며 나는 은어 화과자를 손에 들고 멀뚱히 서 있었다.

"이쪽, 이쪽이요."

아까 은어를 준 사람이 손짓한 쪽으로 걸어갔다. 장기 테이블 옆에 있는 의자에 앉았더니 차가 나왔다.

탁탁.

장기짝 소리를 들으며 간식 타임.

뭐야, 여기 재미있네.

나는 은어를 머리부터 먹었다. 그날은 그림을 영업하러 갔으니까 파일을 보여줬을 텐데 그런 기억은 전혀 없다. 그런데도 그 후로 이런저런 일감을 받았다. 완성한 원고는 우편으로 보내지 않고 매번 전철을 타고 가서 직접 건넸다. 장기판 옆에서 간식을 먹고 있으면, "이런 일러스트 그릴 수 있어요?"라며 여러 사람이 일감을 휙 던져줬기 때문이다.

자, 프리랜서는 지속적인 일감을 확보하는 게 중요하다.

어느 날 좋은 생각이 났다. 편집자 책상 연필꽂이에 내 이름이 적힌 물건을 꽂아두게 하면 어떨까. 그걸 보고 문득 '이런 사람이 있었지' 하고 나를 떠올려줄지도 모르니까. 지금 생각하면 '그게 뭐람?' 싶은 사고 회로인데, 어쨌든 당시 나는 시간이 있었고 아이디어가 떠올랐다면 시도해보는 게 좋다.

당장 지점토를 사서 작은 동물을 만들었다. 그걸 새로 산 볼펜 꽁무니에 꽂았다. 잘 말린 다음 물감으로 색을 입히면 수제 동물 볼펜 완성이다. 내 사인도 넣어서 명함을 교환한 사람들에게 보냈다.

"이게 뭐야?"

동물 볼펜을 들고 고개를 갸웃거린 사람도 있었겠지(틀림없이 있었을 거야).

그래도 연필꽂이에 꽂아둔 사람도 있어서, 동료 책상에 있는 수수께끼의 동물 볼펜을 봤다는 다른 편집자에게서 돌고 돌아서 지점토 입체 일러스트 일감을 받은 적도 있다.

핼러윈 때는 호박 볼펜. 크리스마스 때는 산타 볼펜. 계절 이벤트가 다가올 때마다 새로운 볼펜을 만들었다. 영업의 일환으로 만든 기묘한 볼펜이지만, 만들 때는 순수하게 즐거웠다. 즐거우니까 했다.

그러고 보면 어려서부터 찰흙 놀이나 그림 그리기, 색칠 공부와 자수를 좋아했다. 지금도 가끔 100엔 숍에서 파는 지점토로 뭔가 만들고 싶을 때가 있는데, 그렇지, 우리 집 히나 인형(3월 3일 여자아이의 안녕을 기원하는 명절 히나마쓰리 때 제단에 장식하는 인형)은 100엔 숍 지점토로 직접 만들었다.

파친코를 하다

　본가에 살 적에는 파친코를 좋아하는 아버지가 가자고 해서 종종 둘이서 하러 갔다. 아버지는 딸과 나란히 파친코를 하는 게 즐거웠는지 "새 기계가 나왔는데 갈까?" 하고 열심히 권했다.

　파친코 가게 입구에서 아버지는 꼭 용돈을 줬다. 만 엔 정도 받지 않았을까. 따든 잃든 갚지 않아도 되니까 나로서는 불로소득 같은 시스템. 돌아가신 아버지와 딱 하루 만날 수 있다면 나란히 앉아서 파친코를 해도 괜찮겠다 싶다. 내 기계에서 그림이 모두 맞아 들어갈 것처럼 분위기가 고조되면 과하게 기뻐하며 옆에서 이러쿵저러쿵 시끄럽게 말해서 성가시긴 했지만, 누군가의 행복한 얼굴을 보는 건 좋았다.

　상경 후, 맨션 맞은편에 있는 파친코 가게에 훌쩍 놀러 가곤 했다.

평일 정오를 조금 지난 시각.

그때는 기계가 100엔짜리 동전을 하나하나 넣는 식이라서 동전을 쌓아놓고 느긋하게 즐겼다. 오늘은 700엔까지만. 그렇게 한가로운 즐거움도 누릴 수 있었다.

파친코 기계 앞에서 토도독 튀는 은색 구슬을 바라보던 젊은 날의 나. 혼자 사는 생활은 편안했다. 상경할 것인가 말 것인가, 더 이상 잠을 이루지 못할 정도로 고민하지 않아도 됐고, 앞으로는 나 자신을 시험해보기만 하면 되니 가뿐했다.

어느 쌀쌀한 날 오후, 멍하니 파친코를 하고 있을 때였다. "이거 드세요"라는 말과 함께 리본 달린 상자를 건네받았다. 점원 아가씨가 여성 손님들에게 과자를 나눠주고 있었다. 3월 14일, 화이트데이였다. 두 자리 떨어진 곳의 여성은 과자를 무릎에 얹고 험상궂은 표정으로 파친코를 했다.

뭔가 카오스네.

나는 터질 듯한 웃음을 참으며 파친코를 계속했다. 이제는 더 이상 파친코를 안 하지만, 과자를 줬던 추억의 파친코 가게는 건재한 듯하다.

피팅룸에서

    학생 교복 치수를 재는 단기 아르바이트를 한 적이 있다. 일러스트 쪽 일이 어느 정도 자리를 잡기 시작해서 카페 아르바이트를 줄였을 때였던가. 지인이 부탁해서 한 당일 지급 아르바이트였다.

    프리스쿨(어떤 이유로 학교에 가지 않는 학생이 다니는 학교 외 교육소)에 다니기 시작한 고등학생의 교복 치수를 재는 일로, 학생들은 부모님과 함께 긴장한 표정으로 찾아왔다. 이곳에 오기까지 숱한 갈등을 겪었을지도 모른다. 그들의 팔다리 길이와 허리둘레를 줄자로 재면서 이 아이들이 즐거운 학창시절을 보낼 수 있기를 기도하는 마음이 들었다.

    당시 나는 아직 20대로 그 아이들과 가까운 나이였다. 피팅룸에 부모님은 들어오지 않는다. 치수를 재며 내 멋대로 많은 이야기를 했다.

고등학생 때, 점심시간 종이 울리기 몇 초 전에 이미 몸 절반을 교실 밖으로 내놓고 종이 울리는 순간 학생식당의 빵 매대를 향해 모두들 달려갔던 일. 교내 자판기에 흰 우유, 커피우유, 과일우유 세 종류밖에 없어서 한여름에는 아무것도 마시고 싶지 않았던 일. 친구와 둘이 자전거를 타고 학교에 가다가 언덕 아래 채소 가게를 들이받아 흠씬 혼난 일 같은 것을.

　처음에는 굳은 표정이던 아이들이 웃어주면 '지켜주고 싶어, 모든 힘을 다해서!' 하는 사명감 비슷한 게 솟구쳤다.

　엄마에게 이끌려 부루퉁한 표정으로 온 남자아이는 재킷 소매는 길게 해주면 좋겠다고 나직이 중얼거렸다. 그 아이가 새로운 학교생활에 건 기대감이 느껴졌다.

　스커트 길이를 짧게 하고 싶다는 여자아이가 있었다.

　"어느 정도로 짧게 할까?"

　내가 묻자, "짧게 해도 돼요?" 하고 놀란 표정을 지었다. 교복을 맞출지 말지는 아이들 자유로, 그 학교에는 정해진 교복이 없었다. 교복 카탈로그에서 좋아하는 디자인을 고르는 시스템이다.

　스커트 길이로 고민하는 아이에게 "조금 길게 해두고 짧게 입고 싶은 날에는 허리를 접는 방법도 있어"라고 조언했다.

　나를 프리스쿨 사무직원이라고 착각한 아이도 있었다. 봄에 다시 만날 수 있을 거라고 생각하는 듯했다. 이 학교에서 일하고 싶다. 일해달라는 사람도 없는데 꽤나 진지하게 생각했다.

아르바이트는 며칠 만에 끝났고, 그 후로 그 아이들과 만나지 못했지만 건강하게 잘 지내면 좋겠다고 지금도 바란다.

클럽에 가다

    지인에게 이끌려 처음으로 도쿄 클럽에 갔다. DJ가 있고 음악이 흐르고 청년들이 춤추는 그런 클럽이다.

"여기야."

그 말을 듣고 올려다봤는데 낡은 빌딩이었다.

"엇, 여기?"

클럽이 어떤 곳에 있는지 상상해본 적도 없으면서 좀 더 화려한 건물일 줄 알았다.

문을 열자 복권 판매소 같은 작은 접수처가 있었다. 거기에서 돈을 내고 안으로 들어가면 물품 보관함이 나온다. 보관함 수가 적어서 대부분 차 있었다. 클럽에는 빈손으로 혹은 핸드백만 가지고 오는 게 좋다는 걸 학습했다.

한밤중의 클럽. 천천히 어둠에 눈을 적응시키며 걸어가니 미러볼의 빛이 댄스 플로어를 바삐 내달리는 게 보였다.

다들 춤춘다기보다 흐느적흐느적 몸을 흔들었다. 거품경제 시대에 유행한 디스코처럼 특정한 안무가 있는 건 아닌 듯했다.

거품경제 시대. 나는 스무 살 안팎이었다. 거품이라고는 해도 우리 집의 검소한 생활에는 전혀 변화가 없었고, 내게 거품은 텔레비전 속 이야기였다.

그래도 디스코 붐은 서민에게도 찾아왔다.

"마하라자 가자!"

성인식 후, 친구들과 함께 전철을 타고 오사카 번화가에 있는 유명 디스코텍에 몰려갔다. 그날 밤, 올해 성인이 된 사람은 무료 입장이었다. 후리소데(젊은 여성이 입는 소매가 아주 긴 예식 기모노로 성인식, 졸업식 등 큰 행사 때 입는다)를 입고 춤추는 사람도 있었다. 디스코는 즐거웠다. 모두 똑같은 안무로 춤을 추는 무아지경의 상태. 거울에 비친 자기 모습을 보며 춤을 추는 건 레슨 같기도 해서, 다들 잘 추는 사람 뒤에 붙어서 흉내 내며 췄다.

높은 무대도 있긴 했는데 당연히 올라가지 않았고, 치크 댄스(남녀가 뺨을 바짝 붙이고 추는 춤)를 추는 치크 타임은 휴식 시간. 마른 목을 축여줄 칵테일은 누가 뭐래도 모스크바 뮬. 그런 이름의 칵테일을 마시며 다른 사람의 치크 댄스를 바라봤다. 내게 디스코는 여자 친구들끼리 뭉쳐서 추는 본오도리

(양력 8월 15일 전후에 있는 일본 최대 명절인 오본 날 밤에 마을 사람들이 모여 추는 춤) 같은 것이었다.

세월이 흘러 지금은 클럽에 있다. '라' 발음이 높아지는 'crab'이 아니라 단조로운 억양의 'club'이다(일본어로 crab과 club 모두 '크라브'라고 발음한다).

때때로 밴드의 라이브 공연이 펼쳐졌다. 좁은 공간에서 듣는 트럼펫과 색소폰. 시원하게 가슴을 울려 기분 좋았고 보컬도 손이 닿을 정도로 가까이 있었다.

음악을 전혀 모르고 어른이 된 나. 레게도 록도 재즈도 거의 접할 기회 없이 도쿄에 왔다. 그래서인지 모든 것이 더욱 신선했다.

나는 그림을 그리고 싶어서 도쿄에 왔다. 이 사람들은 음악이구나. 똑같잖아. 날이 밝아와 밖으로 나오면 으레 도쿄의 공기가 맛있게 느껴졌다. 원룸으로 돌아온 후에도 한동안 음악이 온몸에 달라붙어 있었다.

헤어컷 모델

　미용실 앞을 지나는데 헤어컷 모델을 모집한다는 벽보가 눈에 들어왔다. 헤어컷 모델 경험은 없지만 절약도 되니까 잘라보기로 했다.

　미용실 문을 열었다. 중년 여성이 점장 같았다. 헤어컷 모델을 하고 싶다고 말하자 영업시간 후에 와달라고 했다. 슬쩍 둘러본 가게 안에는 모두 연배 있는 손님뿐. 이런, 싫었지만 그만두겠다는 말도 못 하고 어물어물 일단 집으로 돌아왔다.

　밤이 됐다. 나는 약속대로 미용실로 향했다. 머리카락은 금방 자라니까 아줌마처럼 잘라도 괜찮아. 그렇게 스스로를 다독이며 가게로 들어갔다.

　머리는 젊은 남성 미용사가 잘라줬다. 낮에는 가게에 있는 줄도 몰랐던 사람이다. 관엽식물에 가려져서 안 보였나?

　이런 생각을 하며 안내받은 자리에 앉았다. 머리를 감겨주지는 않았다. 칙칙 물을 뿌리고 끝. 머리를 어떻게 자르고 싶은지 물었다. 내 머리는 어깨에 닿을 정도. "산뜻하게 짧은 머리로 해주세요"라고 대답했다.

어려서부터 머릿결이 좋다는 칭찬을 많이 받아서 자주 길게 길렀다. 그걸 상경 전에 싹둑 잘랐다. 기합이 바짝 들어갔던 그 시절의 내가 그립고 귀엽기도 하다. 나는 짧은 머리로 상경했다.

자, 헤어컷 모델이다. 수습 미용사가 내 머리카락 사이로 가위를 넣었다. 얌전해 보이는 사람이었다. 그런데 손놀림은 지휘봉을 휘두르는 것처럼 우아하고 자신감 넘쳤다. 나는 금세 짧은 머리가 됐다. 그가 잘라준 머리카락은 감고 그냥 자도 다음 날 아침에 보송보송 느낌 좋게 정리할 수 있었다.

그 사람, 되게 실력이 좋네?

두 달쯤 지나서 이번엔 그의 손님으로 미용실을 찾았다.

"걔, 그만뒀어."

점장이 쌀쌀맞게 말했다.

윗집 사람

우당탕, 우당탕.

매일 아침 맨션 바로 윗집 주민이 뛰어다녔다. 아침도 아니고 새벽녘이다. 같은 맨션의 맨 끝 집이 비어서 첫 번째 원룸에서 이리로 이사 온 지 얼마 지나지 않은 때였다.

윗집에는 어떤 사람이 살고 있을까?

관리인과도 알고 지낸 지 오래다. 은근슬쩍 물어보자 나와 비슷한 또래의 여성이 혼자 산다고 했다.

소음 문제. 원만하게 해결하고 싶다. 직접 불평을 말하기보다 우선은 선물 작전으로 가자. 나는 스타벅스에서 커피 드립백 세트를 사서 편지와 함께 그 집 현관 문고리에 걸어두기로 했다.

이른 아침에 발소리 때문에 곤란합니다. 가능하면 조금만 조용히 해주세요…….

편지에 이런 내용을 적었던 것 같다.

그날 밤, 초인종이 울렸다. 나가보니 윗집 여성이었다. 사과하는 의미로 과자를 들고 찾아왔다.

"괜찮으시면 들어와서 차라도 한잔하시겠어요?"

내가 권했다.

"어, 그래도 될까요?"

그녀는 조금 당황스러워했지만 아랫집을 구경하고 싶다는 유혹도 느꼈을 것이다.

"그럼 잠깐 실례하겠습니다" 하고 안으로 들어와서는 "앗, 구조가 전혀 다르네요!" 하고 놀란 표정으로 말했다.

우리 집은 작은 부엌 그리고 두 평과 세 평짜리 방이 있는데, 윗집은 벽 없는 원룸이라고 한다.

"샹들리에가 달려 있어요" 하며 그녀가 웃었다.

여성은 절에서 일하는데 그 절이 기숙사로 빌려준 집이라고 한다. 과연, 절에서 일하면 일찍 일어나야 할 법도 하다.

우리는 낮은 밥상에 마주 앉아 홍차를 마시며 그 사람이 가지고 온 과자를 먹었다.

그날 무슨 이야기를 더 했는지는 전혀 기억 안 난다. 그래도 왠지 기뻤다. 절에서 일하는 사람과 일러스트레이터. 직종은 전혀 다르지만 도시에서 혼자 산다는 점은 같다. 같이 도쿄에서 열심히 해봐요. 이런 기분이었다.

다음 날 아침부터 우당탕은 사라졌다. 그 사람과 만난 것은 그때 딱 한 번뿐. 생활 시간이 달라 엘리베이터에서도 마주치지 않았다. 짧은 머리에 호리호리한 사람이었다.

한밤의 햄버거 가게

그건 대체 뭐였을까?

그때를 떠올리면 묘한 기분이다. 마치 영화 속에 빨려 들어간 듯한 밤이었다.

가로등이 밝게 빛나는 상점가. 그 상가가 붙어 있는 맨션에 살아서 심야에 훌쩍 산책하러 나가곤 했다.

그날 밤은 상점가 끝에 있는 24시 햄버거 가게로 향했다.

새벽 1시가 넘었는데도 가게 안은 그럭저럭 붐볐다. 퇴근한 회사원 같은 사람, 커플, 학생으로 보이는 남자아이들. 나는 입구 근처 자리에 앉아 주문한 음식을 먹으며 가지고 온 책을 읽기 시작했다.

2시가 지났을 때였을까. 두 명의 여성이 들어왔다. 70대 후반, 아니 80대로도 보였다.

이런 시간에 이런 가게에 이런 연배의 분들도?

신경이 쓰였지만 다시 독서.

시간이 더 흘러 가게 안의 손님이 줄어들었지만 연배 있는 여성들은 돌아가지 않았다. 심지어 친구가 두 명 더 늘었다!

시곗바늘은 새벽 3시를 지났다. 밤을 새운 걸까, 굉장히 일찍 일어난 걸까. 도대체 어떤 생활을 하는 걸까. 옷차림도 특이하지 않고 대체로 건강해 보였다. 당시 그분들은 내 눈에 우리 할머니와 비슷한 나이로 보였다.

나는 할머니들이 몇 시에 가게를 나설지 궁금해서 지켜보기로 했다.

시간을 거슬러 교토에서의 학창 시절.

오사카 본가에서 전철을 타고 통학하는 내게 하숙집에 사는 반 친구들은 동경의 대상이었다.

"어제는 밤늦게 코인세탁소에 갔었어."

그런 이야기만 들어도 "청춘 같아!" 하고 부러워했다. 그래서 줄곧 도쿄에서 심야 외출을 경험해보고 싶었다. '청춘 같아서' 마음이 들떴다. 밤새도록 햄버거 가게에 있어도 부모님에게 혼날 일이 없다.

할머니들은 음료를 마시며 느긋하게 수다를 즐겼다. 그러다가 새벽 5시에 모닝 세트를 먹고 돌아갔다. 어쩌면 귀가한 게 아니라 그대로 외출했을지도? 나는 고개를 갸웃거리며 집으로 돌아갔다. 나중에 궁금해서 같은 시간대에 가게를 살펴보러 갔는데 할머니들의 모습은 보이지 않았다.

헤어짐

컴퓨터가 왔다. 상경하고 5~6년쯤 지났을 때였나. 슬슬 컴퓨터를 쓰는 게 좋겠다고 거래처 디자이너가 조언해줘서 '언제까지나 전자타자기를 쓸 수는 없겠지'라는 생각에 저축을 털어서 장만했다.

당시 컴퓨터 모니터는 전자레인지만큼 컸다. 그래서 폭이 넓은 책상으로 바꾸고 프린터까지 갖추니 원룸이 아주 꽉꽉 찼다.

화창한 오후. 선물을 들고 부동산 중개업소를 찾아갔다. 상경 전에 무직이었던 내게 집을 빌려준 그 부동산이다.

"당신, 집세도 꼬박꼬박 잘 내고 열심히 사네?"

부동산 아줌마는 변함없이 시원시원하니 위세가 넘쳤고, 내가 조금 넓은 집으로 이사하고 싶다고 말하자 "여기 괜찮지 않아?"라며 부하직원으로 보이는 여성에게 곧바로 지시

했다. 그 여성과 함께 그 자리에서 집을 둘러보러 갔다.

역에서 도보 15분. 산책로 바로 옆에 지은 지 얼마 안 된 맨션.

안으로 들어갔다. 세로로 길쭉한 원룸인데 미닫이문으로 방을 두 개로 만들 수 있어서 작업실과 거실을 나누고 싶다는 요구사항은 충족했다.

그리고 벽. 콘크리트를 그대로 노출했잖아! 무섭도록 세련됐다. 여기에 컴퓨터를 놓으면 트렌디한 공간이 될 것 같았다. 월세도 그 트렌디함에 걸맞아서 일단 보류하고 집으로 돌아왔다.

어떻게 하지.

저녁에 멍하니 텔레비전을 보며 생각했다. 지은 지 얼마 안 됐고 위치도 좋고 크기도 좋다. 게다가 벽은 콘크리트다. 월세도 어떻게든 낼 수 있을 것 같다.

그런데도 마음이 들뜨지 않았다. 왜지?

부동산 아줌마에게서 전화가 왔다.

"그래, 어땠어?"

"저한테는 너무 과하게 멋있는 것 같아요."

내 생각을 그대로 전했다. 그러자 아줌마가 시원하게 말했다.

"그림 그리는 사람이라면 그 정도로 멋진 방에서 열심히 살아야지!"

수화기를 내려놓고 '과연'이라고 생각했다. 그렇게 생각할 수도 있구나. 사는 집에 따라 삶의 방식이 달라질 수도 있을 것 같았다.

'그 정도로 멋진 방에서 열심히 살아야지!'

아줌마의 말은 힘찼다. 그런 식으로 스스로 분발하며 살아왔을지도 모른다. 위세 좋은 사람이지만, 언뜻언뜻 섬세한 얼굴이 보이기도 했다.

나도 발돋움해볼까?

마음이 흔들렸다. 그러나 그 집에서 생활하는 내 모습이 도무지 그려지지 않았다. 조금 더 생각해보겠다고 하고 전화를 끊었다.

다음 날. 쇼핑하고 돌아오다가 집 근처 부동산 중개업소 앞에 붙어 있는 임대 정보에 빨려들었다. 평면도도 예산도 희망사항에 가까웠다.

'상점가에 있는 맨션입니다.'

자세히 보니 작은 글자로 적혀 있었다.

상점가? 이거 지금 사는 맨션 아닌가?

부동산에 들어가서 확인해보니 역시나 그랬다. 같은 맨션에 조금 더 넓은 방이 공실로 나온 것이다.

"오늘은 조금 부산해서 그런데, 집 보러 가는 건 내일 해도 될까요?"

부동산 직원이 말했다.

다음 날, 부동산 청년과 함께 집을 보러 갔다. 같은 맨션이니까 나로서는 나갔다가 돌아온 셈이다.

그의 휴대폰으로 쉴 새 없이 전화가 걸려왔다. 일을 마치고 장례식에 가야 하나 본데, 그러고 보니 까만 양복을 입고 있다.

"아버지 장례식이 있어서요."

청년이 말했다.

"네?"

"그래도 아직 시간이 있으니까요."

집은 다른 날 봐도 괜찮다고 말했지만 그는 "바로 저기니까요"라고 했다. 그 말대로 우리는 금방 맨션에 도착했다. 부동산에서 도보로 30초 정도.

맨 끝 집이었다. 하지만 햇볕이 잘 들지 않았고, 부엌 창문을 열면 옆 건물의 거무스름한 벽이 보였다.

"벽에 손이 닿을 것 같네요."

내가 말하자 "그러게요"라며 청년이 고개를 끄덕였다.

거실 창문에서는 같은 맨션의 맞은편 방이 보였다. 맨션이 디귿 자 모양이라 맞은편 창이 서로 훤히 들여다보여서 낮에도 레이스 커튼이 필수였다. 유일하게 뻥 트인 북쪽 창문에는 방충망이 없고, 따로 설치해주기도 어렵다고 했다. 벌레가 저 좋을 대로 들어오겠네.

욕조 물을 다시 데울 수 없는 욕실이었고, 수납공간은 작은 벽장 하나뿐이다. 곤란한 점이 가득했다. 그런데도 '왠지 이 집, 마음에 드네' 싶었다. 들어선 순간부터 감이 딱 왔다. 여기에 사는 내 모습을 상상할 수 있었다.

　"여기로 할게요."

　나는 바로 결정했다.

　"역에서 가까운데 이 정도 집세라면 이득이에요."

　청년이 말했다. 결국 애도의 말은 전하지 못했다.

　같은 맨션 안에서 하는 이사지만 분양 맨션이어서 집집마다 계약한 부동산이 다르다. 딱히 도리에 어긋난 짓을 하지는 않았지만, 다른 부동산에서 집을 구했으니까 살던 집 계약을 해지하러 가는 발걸음이 무거웠다.

　"그동안 감사했습니다."

　이유를 말하고 고개를 숙이자, "건강히 잘 살아요" 하며 마트 봉지에 배를 담아 들려줬다. 작별을 고하고 부동산을 나오자 눈물이 났다.

맛군

맛군이라는 이름의 길고양이가 있는데, 물론 내 마음대로 붙인 이름이다. 도쿄에서 세 번째로 이사한 맨션 주변에 살던 길고양이다.

하얗고 까만 얼룩이. 머리는 가발처럼 새까만데, 그 색이 눈 아래까지 이어졌다.

"오오, 멋지다, 마스크 쓴 고양이네."

맨션 입구 수풀 그늘에 작은 접시가 놓여 있는 걸로 보아 누군가 먹이를 주는 것 같았다. 마스크 고양이는 어느새 내 안에서 맛군이 됐다.

맛군은 자그마하고 날씬했다. 암컷이었을지도 모르는데, 아무리 봐도 맛군이라는 이름이 딱 어울리는 마스크 얼굴이었다.

보아하니 맛군은 아침에 먹이를 얻어먹으러 오는 것 같았다. 하지만 이사를 나갈 때까지 맛군에게 먹이를 주는 사람은 한 번도 만나지 못했다.

나는 가끔 간식을 줬다. 말린 정어리 다섯 마리. 내가 3시에 간식을 먹으니까 맛군에게도 3시에 간식을 줬다. 접시 근처에 툭툭 놓아두면 어디선가 맛군이 나타나 엄청난 속도로 먹어치웠다.

맛군은 3시에 간식이 나오는 걸 기억하고서 2시 반부터 대기하기 시작했다. 밥 먹는 자리가 부엌 창문에서 보이는 곳이라 '아, 맛군이 벌써 기다리네' 하고 알아차리고, 기다리게 하면 미안하니까 간식 타임이 2시 반이

됐고 이윽고 2시가 됐다가, 나중에는
맛군이 나타날 때가 '간식 타임'이
됐다. 그래도 말린 정어리는
딱 다섯 마리만.
언젠가 내가 없어지더라도
별로 문제 되지 않는 관계로
남고 싶었다. 맛군도 이런
내 마음을 이해했는지 말린
정어리 다섯 마리를 먹으면
늘 훌쩍 사라졌다.

   맛군은 조심성이 있어서 절대 가까이 다가오지 않았지만,
매일 맛군을 보는 게 즐거웠다. 맛군의 멀뚱한 생김새가 좋
았다. 여행을 가서 한동안 집을 비우면 맛군이 삐졌을 것 같
았고, 나한테 삐져주면 좋겠다고 생각했다. 이사하기로 결정
했을 때는 묘하게 침울한 기분도 들었다.
   이사하기 직전, 아침에 일어나 부엌 창문을 열고 깜짝 놀

랐다. 밥 먹는 곳 앞에 처음 보는 커다란 고양이가 누워 있었다.

"너 누구니?"

그곳에 맛군의 모습은 이미 없었다.

2

도쿄 허둥지둥족

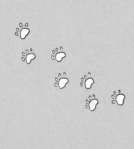

유성 구경

2019년

한겨울의 쌍둥이자리 유성군을 보려고 배를 탄 적이 있다. 빛 한 점 없는 어두컴컴한 바다 위에서 유성을 관찰한다는 계획이었다.

신칸센을 타고 도쿄에서 오사카로 이동. 밤 8시 전에 오사카 미나미항에서 출항, 다음 날 아침 후쿠오카 신모지항에 도착하는 대형 여객선을 탔다. 배 안에는 레스토랑과 매점, 심지어 목욕탕까지 갖춰져 있었다.

오락실에서 뽑기 게임을 해봤다. 뽑아도 차고 다니지 않을 손목시계에 어느덧 진심이 되어 일곱 번이나 도전. 실패로 끝났다.

깊은 밤, 갑판에 올라갔다.

바람이 세차게 불고 추웠다. 방한 준비를 소홀히 하지 않아 다행이다. 복슬복슬하게 껴입고 머리 위를 올려다보니, 밤하늘은 완전히 새카맸다.

교과서에서 배운 오리온자리와 북두칠성이 잘 보였다. 세토내해(혼슈 서부와 규슈, 시코쿠에 에워싸인 내해)는 바다가 잔잔해서 밤하늘을 관찰하기 아주 좋았다.

유성군은?

하늘 전체를 빤히 바라본다.

지나갔다.

작은 유성.

큰 유성.

쏟아지는 수준은 아니어도 드문드문 지나갔다.

나 말고도 갑판에 나와서 유성을 구경하는 사람이 더 있었다. 유성이 보일 때마다 "앗" 하고 외치게 되는 마음은 모두 같았다. 밤하늘 아래에 다양한 "앗"이 날아다녔다.

A형 독감입니다

독감에 걸렸다. 대충 20년 만이다.

"A형이네요."

의사가 의자를 빙글 돌리며 말하는데 말투의 느낌이 좋았다. 뭐가 어떻다고 설명하기는 어려운데, 느낌이 좋다는 건 원래 그런 거다. 그 목소리에는 온기가 있었다.

진찰실 앞에는 나처럼 독감 검사를 기다리는 사람이 열 명 정도 앉아 있었는데 다들 힘들어 보였다.

누가 봐도 출근 전인 양복 차림의 남성이 있었다. 독감 진단을 받으면 집으로 돌아가고, 그렇지 않으면 출근하려나. 설령 평범한 감기라 해도 오늘은 좀 느긋하게 쉬고 싶다. 그런 옆얼굴이었다.

멋을 부린 젊은 여성도 있었다. 긴 머리를 둥글게 올려 묶었고 새하얀 코트에 와이드 팬츠.

뭔가 어색하다. 뭐지? 뭐더라? 퍼뜩 깨달았다. 손에 스마트폰을 들지 않고 앉아 있는 젊은 사람을 오랜만에 봤다. 그 여성도 조용히 고개를 숙이고 있었다.

어른뿐이었다. 그리고 다들 혼자였다.

이럴 때 아이라면 같이 온 부모가 "누워 있어도 돼"라며 무릎베개를 해줄 것이다. 그러나 우리 어른 군단은 혼자 고개를 숙이고 견뎌야만 한다. 그건 견디는 연습처럼 보이기도 했다. 언젠가 내 인생을 마감할 때 같이 따라와줄 사람은 아무도 없다.

병원을 나와 느릿느릿 집으로 갔다. 꽃집 앞에 놓인 사랑스러운 화분도 이런 날에는 내 알 바 아니다. 그래도 갈 때보다 돌아올 때의 기분이 편안한 건 완치까지의 여정이 보인다는 안도감 덕분이겠지.

고열은 이틀쯤 이어졌다. 너무 괴로워서 이불 속에서 혼잣말을 했다.

"힘내라, 힘내라, 나……."

말해놓고 나니 한심해서 눈물이 터졌다. 울컥한 이유는 또 있었다. 독감을 앓는 중에 생일을 맞았다.

도대체 누가 이런 선물을 보냈담?

고열 속에서 나의 50대가 시작됐다.

내가 제일 하고 싶은 것

어른이 되고 나서 시작한 피아노. 일주일에 한 번, 30분간 레슨. 전철로 화요일 저녁에 방문.

곡은 매번 선생님과 상의해서 정했다. 클래식 음악을 기본으로 하는데 가끔 영화음악도 끼워 넣었다가 다시 클래식으로 돌아왔다. 영화 속에서 오드리 헵번이 부른 〈문리버〉를 칠 수 있게 됐을 때는 '노래하면서 칠 수 있을지도……'라는 생각이 들었다.

영어 가사도 외웠지만 두 가지를 한꺼번에 한다는 건 생각보다 어려운 일이었다.

띠동갑에 가까울 만큼 연하인 선생님은 음악교실 강사로 일하면서 가끔 동료들과 작은 콘서트를 열었다. 드레스 차림의 선생님이 무대에 등장하는 모습을 처음 봤을 때는 감격에 겨워 눈물이 났다. 어려서부터 음악을 사랑해온 사람들이겠구나, 하는 경외심에서 흐른 눈물이다.

피아노 레슨은 언제나 즐거웠다. 아버지를 떠나보내고 얼마 지나지 않았을 때도 레슨은 빼먹지 않고 다녔다. 평소와 다름없이 지낼 수 있는 곳이 있다는 게 그때 내게 얼마나 큰 힘이 됐는지 모른다.

슬픈 일이 있었던 날에도, 분한 일이 있었던 날에도. 매끈한 건반에 손가락을 올리고, 다음에 연주할 소리만 생각할 수 있었다.

도도 레도 미도 파도, 어느 음이나 다 아름답다. 건반에 아름답지 않은 음은 하나도 없다. 나는 그런 것도 모르고 있었다.

그런 피아노 레슨도 10년 만에 일단락. 한번 그만두면 다시 못 치게 될 게 틀림없지만, 지금의 나는 시작하기 전의 '치지 못하는 나'와는 다르다고 생각한다. 내 인생에 10년 치의 즐거운 화요일을 토핑할 수 있었다.

언젠가 하고 싶은 것이 있다면 되도록 일찍 시작하는 게 좋다고 생각하는데, 그 이유는 막상 해도 오래 못 하는 경우가 제법 있기 때문이다. 피아노는 10년 동안 계속했지만 그 사이에도 나는 다양한 것에 손을 댔다.

다른 사람들과 함께 받는 수업은 인간관계에도 좌우된다. 배우러 가는 곳이 너무 멀면 귀찮아지기도 한다. 언젠가 반드시 하겠다고 만반의 준비를 하고서 배우기 시작했는데 생각보다 별로면 실망하기도 하니까, 배우고 싶다면 고민하지 않고 바로 시작하는 정도가 적당하다.

그건 그렇고 세상에는 배울 게 정말 많다. 나는 문화센터 광고지 보는 걸 좋아해서 늘 구석구석까지 체크한다.

여기 실린 강좌라면 뭐든 수강할 수 있어!

그렇게 생각하면 내 앞에 수많은 문이 열려 있는 것 같은 기분이 든다.

참고로 지금 내가 제일 하고 싶은 것은 '연날리기'다. 어린 시절 둑에서 했던 연날리기. 내 연이 새끼손톱만큼 작아질 때까지 높이 날렸었다.

바람 소리. 실의 탄탄한 장력.

되돌아보면 즐거웠다. 아쉽게도 문화센터 전단지에 연날리기 강좌는 없었고, 그것 말고 또 하고 싶은 건 '모닥불 피우기'인데 그런 강좌도 보이지 않았다.

학생수첩

고교 입시 문제와 해답이 신문에 실렸다.

이과 실험 문제에는 일러스트가 그려져 있었다. 가스버너나 시험관을 세부적인 요소까지 자세하게 그려서 감탄했다. 국어 문제에는 일러스트가 없었다. 꽃 그림이라도 곁들여져 있으면 수험생도 긴장을 좀 풀 수 있지 않을까?

돌이켜보면 내 교과서에는 일러스트……가 아니라 낙서만 가득했다.

혹시 중학교 학생수첩에도? 궁금해서 꺼내봤다. 낙서를 했을 법한 페이지는 이미 사라진 상태였다.

오랜만에 펼쳐본 학생수첩은 색이 바래 있었다. '점심용 빵 교내 판매에 관하여'라는 페이지에 시선이 멎었다. 거기에는 이런 안내가 있었다.

(3) 교내에서 빵을 사는 방법(세트 판매)

그랬다. 빵은 세트로 팔았다. 나는 도시락파여서 이용할 기회가 적었지만, 이 빵 세트는 기억한다. 분명 세 개들이 세트와 두 개들이 세트 중에서 고를 수 있었고, 내용물이 보이지 않게 해서 팔았다. 샌드위치 같은 식사 빵과 간식용 빵이 균형 있게 들지 않은 세트도 있어서, 이른바 점심시간의 운세 확인 같았다.

어느 날, 빵 세트 봉지를 뜯은 남학생이 "왜 전부 단 빵만 있는데!"라며 책상에 엎어지는 모습을 본 적이 있다. 점심시간의 교실에 웃음소리가 울려 퍼졌다.

그리운 마음에 학생수첩을 한 장 한 장 넘기는데, 문득 마주친 낯익은 엄마의 글씨. 가정통신문란에 '감기에 걸렸으니 체육은 쉬게 해주세요'나 '생리 중이니 수영 수업은 쉬게 해주세요'라고 적혀 있었다.

다른 사람도 아니고 나에 관한 이야기다.

"엄마, 빨리해!"하며 현관 앞에서 써달라고 하고 허둥지둥 뛰쳐나갔을 게 분명하다.

도쿄 허둥지둥족

차분한 어른은 멋지다.

내가 생각하는 차분한 어른이란, 남의 이야기를 끝까지 들을 수 있는 사람이다. 흔히 있지 않은가, 상대가 말을 다 끝마치기도 전에 말하기 시작하는 사람. 그런 사람은 영 차분하지 못하다. 허둥지둥하는 것처럼 보인다. 그들을 '허둥지둥족'이라고 이름 붙였는데 무얼 감추랴, 나도 허둥지둥족의 일원이로다.

허둥지둥족끼리 카페에서 차를 마시면 곤란할 때가 많다. 대화가 겹치고 또 겹쳐서 '사이'라는 게 없다. 허둥지둥족은 '사이'를 만들지 않는 것이 대화라고 여기기까지 한다.

사이는 중요하다. 이제야 깨달았는데 인간人間이라는 한자에도 '사이 간間'이 들어가지 않나. 음악도 마찬가지다. 간주가 있다. 그건 역시 필요하니까 존재하는 게 분명하다.

그러나 허둥지둥족인 나는 간주에서도 내심 허둥지둥한다. 사이란 곧 시간. 다시 말해 사이 또한 인생. 내 간주 따위로 모두를 기다리게 한다고 생각하면 마음이 조급해진다. 그러고 보니 같이 노래방에 간 허둥지둥족 친구가 "간주가 길어서 미안해!"라며 노래 중간에 사과한 적이 있는데, 동족이어서 친구의 기분을 절절히 이해했다.

허둥지둥족의 습성은 언어를 바꿔도 그대로인 듯하다. 영어 회화 수업 때 선생님에게 자주 듣는 말이 있는데 그건 "플리즈"다. 내가 사이를 무시하고 허둥지둥 말을 꺼내는 탓에 선생님과 대화가 겹칠 때가 많다. 그럴 때 선생님은 "플리즈(먼저 해요)"라고 양보해주는데, 양보를 해줬다고 해서 영어가 술술 나올 리도 없다.

선생님은 의아하게 생각하지 않을까. '이 사람, 영어도 잘 모르면서 말은 참 많이 하네' 하고.

예전에 가나자와에 여행을 갔을 때, 외국에서 온 여행자가 길을 물은 적이 있다. 그러면 그렇지, 나는 허둥거리느라 어렵게 영어 회화를 배워놓고도 고작 "되게 멀어요"라는 대답밖에 못 했다.

나이를 먹으면 자연스럽게 차분한 어른이 될 줄 알았다. 그런데 아무래도 그런 건 아닌가 보다. 알고는 있었지만, 노력이 필요했다.

그나저나 나 같은 '허둥지둥족'과 함께할 수 없는 일족이 있으니, 바로 '전부 말하기족'이다. 이름 그대로 전부 말하지 않으면 직성이 안 풀리는 사람들이다.

최근 도쿄에서 오사카로 이동하는 신칸센 안에서 그 일족을 마주쳤다. 앞좌석 사람이 좌석을 한껏 젖힌 탓에 나는 비어 있는 옆자리로 옮겼다. 지정석이었지만 도중에 사람이 타면 그때 내 자리로 돌아가면 된다고 생각했다.

신칸센은 나고야에 도착했고, 발차 후에도 한동안 아무도 내 쪽으로 오지 않았다. 안심하고 문고본을 펼친 순간, "저기요, 제 자리니까 이동해주세요"라고 뒤쪽에서 어느 남성이 말을 걸어서 깜짝 놀랐다.

죄송합니다! 미안해요!

허둥지둥 내 자리로 돌아간 후에도 심장이 펄떡펄떡.

그리고 진정된 후에 이렇게 생각했다.

전부 말하지 않아도 되잖아…….

"거기 제 자리인데요"로 이미 상황을 이해할 수 있고, 그저 "거기"라는 첫마디만 해도 알아들을 수 있다.

그러나 '전부 말하기족'은 죄다 끝까지 말한다. "이동해주세요"까지 말한다. 끝까지 전부 말하는 걸 듣고 조금 상처받는 건, 전부 말하지 않으면 못 알아듣는 사람으로 여겨진 것 같아서다.

안다. 그들에게 악의는 없다. 정중한 일족이다. 그러고 보니 가나자와에서 내게 길을 물은 그 외국인은 '전부 말하기족'에게 말을 걸었어야 했다. 아마도 얼마나 거리가 먼지 상세하게 설명해줬을 것이다.

마들렌, 좋아해요?

점심을 먹으러 외출했다. 역 앞 상점가까지 지름길로 가면 10분도 안 걸리는데, 굳이 지름길로 갈 이유가 없으니 주택가로 구불구불 돌아간다.

다른 사람의 집을 구경하는 것이 즐겁다. 마음에 드는 집과 그렇지 않은 집이 있다. 마음에 드는 집은 내가 그곳에 사는 모습을 상상하며 '즐거울 것 같아'라고 느끼는 집이지 않을까? 열매가 맺히는 나무가 있는 집은 마음에 드는 집이다.

예전에 동네 회람판을 전달하러 어느 집에 갔는데, 그 집 할머니가 직접 만든 마들렌을 줬었다. 그 집에는 멋들어진 감귤 나무가 있었다.

"마들렌, 좋아해요?"

돌아가려는 나를 할머니가 불러 세웠다. 나는 정말 좋아해요, 하고 대답했다.

주시려나?

설레는 마음으로 다음 말을 기다리는데, 할머니가 말했다.

"내가 만든 거라서, 싫어하지 않으면 좋겠는데······."

돌아오는 길에 조금 쓸쓸한 기분이 들었다. 직접 만든 건 싫다는 소리를 예전에 누군가에게서 들었을까. 받은 마들렌은 맛있어서 순식간에 사라졌다.

베란다가 넓은 집도 좋다. 저 넓은 베란다에서 무엇을 하면 좋을지 생각한다. 채소를 말려도 좋겠지(안 하는 주제에). 매일 아침 라디오 체조(라디오에서 나오는 음악 반주나 구령에 맞춰 하는 체조)도 할 수 있겠다(안 하는 주제에). 공상하며 느긋하게 걷는다.

점심때에 맞춰 상점가에 도착했다. 구수한 냄새가 다양하게 뒤섞여서 마음이 흔들린다. 그래도 역시 그걸로 하자. 집을 나서기 전부터, 아니 어젯밤부터 먹고 싶었던 그거.

라면이다. 심야 방송에서 라면을 먹는 사람을 보고 '내일은 나도!'라고 생각하며 잠들었던 것이다.

그나저나 그 라면집이 지금도 있을까. 꽤 오래전에 라면 센류(5·7·5의 3구 17음으로 된 짧은 시로 풍자나 익살이 특징이다) 작업을 했던 그 라면집. 라면 국물을 다 마시면 그릇 바닥에 내가 지은 센류가 보인다고 했다. 광고대행사의 의뢰를 받아 세 가지 안을 내고 전부 채택됐는데, 어떤 센류였는지는 잊어버렸다.

　라면을 다 먹고, 간식으로 달콤한 빵을 사고, 간이 카페에서 커피를 마신 후 집으로 향했다.

　좋은 날이다. 완벽하다, 하고 생각했다.

적당히 하기 연습

　실패하면 화가 난다. '그쯤에서 이렇게 하면 좋았을 텐데!' 하고 아무리 후회해도 시간은 되돌릴 수 없다. 실패란 그런 것이다. 알고 있다. 똑똑하게 굴지 못한 나 자신에게 화가 나는 것이다.

　그래도 무조건 나쁜 일만은 아니다. 다음에 비슷한 상황이 생겼을 때 어떻게 대처할지 결정할 수 있다. 결정하는 건 중요하다. 결정하지 않으면 실행하지 못한다.

　나는 결정했다.

　다음부터 그런 상황에서는 적당히 잘라내자고.

　'적당히'라는 매우 편리한 도구를 잊고 있었다는 걸 깨달았다.

　결정하고 나니 안심이 됐다. 나는 미래의 나를 믿어주기로 했고, 그러자 기분도 조금 가벼워졌다.

좋아, 전철을 타고 쇼핑하러 가자! 마침 파운데이션이 다 떨어졌다.

"어서 오세요."

화장품 매장 점원이 거울 앞으로 나를 안내했다. 안경을 벗고 본 내 얼굴. 흐릿하다. 잡티 하나 없다. 달걀처럼 매끈매끈하다. 그 날샬 피부에 두 종류의 파운데이션을 발랐다. 오른쪽 얼굴은 윤기가 흐른다. 왼쪽 얼굴은 보송보송 광택 없는 느낌이다.

"손님, 어느 쪽이 좋으세요?"

안 보이니까 모르겠다. 안경을 쓰고 확인했다. 광택 없는 쪽이 커버력이 좋은 것 같아서 그쪽으로 정했다.

점원이 오른쪽 얼굴도 같은 걸로 다시 발라주겠다고 말했다. 나는 거절했다.

"괜찮아요, 괜찮아요. 그냥 이대로도요."

적당히다.

오늘은 적당히 하기 연습이다.

날이 저물고 있었다.

미모사 빛 저녁놀. 아름답다. 아름다운 것을 보고 싶어 하는 내 마음이 좋다. 노을도, 가로등이 켜지기 시작한 저 앞의 도로도. 아름다운 것을 보고 있자면 나의 실패 따위는 잊힌다. 이 세상에 아름다운 것을 이길 수 있는 건 없을지도 모른다.

쇼핑도 마쳤으니까 마사지라도 받고 집에 갈까. 마사지 숍에 홀쩍 들어가 접수했다. "여기 이름을 적어주세요"라는 말과 함께 건네받은 펜으로 나는 당연히 적당한 이름을 적었다.

모스라

영화 〈고질라: 킹 오브 몬스터〉를 보러 갔다. 고질라 영화
는 몇 작품인가 본 적 있는데, 여전히 고질라에 관해서 잘 모
른다. 고층 빌딩을 파괴하고 엄청나게 크다는 정도는 안다.

자, 그 거대한 고질라 앞에 이번에는 훨씬 더 큰 거대 괴수
가 나타났다. 킹 기도라다. 몸통 하나에 용처럼 생긴 머리가
세 개. 게다가 날 수 있다.

얘, 고질라야, 싸울 상대가 너무 강해 보인다.

걱정하는 사이에 어느새 꾸벅꾸벅.

생각해보면 고등학생 시절 오후 수업 때면 부단히도 꾸벅
꾸벅 졸았다. 눈꺼풀 위에 눈동자 그림을 그려서 깨어 있는
얼굴로 꾸미면 어떨까…… 하고 몇 번이나 생각했던가. 참고
로 이번 고질라는 3D 안경을 써야 해서 꾸벅꾸벅한 걸 주변
에 들키지 않았을 것이다.

잠에서 깨 다시 스크린을 봤다. 다친 고질라를 위해 자그마한 모스라가 숙적 킹 기도라와 싸우러 나아가는 순간이었다.

　영화가 끝난 후, 같이 본 사람에게 감동을 표현했다.

　"대단하네! 나비가 괴수한테 덤비다니. 그 나비 정말 용감하다."

　그 사람이 나지막이 말했다.

　"아까부터 계속 나비라고 하는데, 모스라는 나방이야."

바쁜 미래

유니클로에 갔는데 계산대에 사람이 없었다.

어라, 어떻게 된 거지.

대신 싱크대 비슷하게 생긴 테이블이 있었다. 거기에 옷을 올려놓으면 계산할 수 있다고 한다.

"대단하다~, SF~(셀프 계산대, 일본에서는 Self Register를 줄여 '세루프레지'라고 부른다)."

캐미솔 두 장이 담긴 바구니를 통째로 계산대에 올렸다. 화면 안내에 따라 조작하자 합계 금액이 나왔다. 옷 태그에 IC 칩이 내장돼 있어 자동으로 계산되는 것이다.

새로운 기계를 능숙하게 썼어! 이런 성취감.

그러나 성취감보다 훨씬 더 큰 것은 뒤처지지 않았다는 안도감일지도 모르겠다.

편리해졌다 싶다.

그렇다고 할 일이 줄어든 건 아니다. 셀프 계산대에서는 내가 직접 움직이지 않으면 쇼핑이 끝나지 않는다.

옷을 담은 바구니를 올리고 화면을 조작한다.

돈을 기계에 투입한다.

옷걸이에서 옷을 빼낸다.

봉투 사이즈를 골라 옷을 담고 바구니를 정리한다.

평소보다 할 일이 늘었다. 할 일이 늘어난 건 괜찮은데, 멍하니 있는 시간이 줄어든 건 조금 아쉽다.

계산대에서 다른 사람이 계산해주는 동안의 딱 적당한 틈새 시간. 이름하여 '멍 타임'이다.

계산을 기다리는 동안 나는 종종 점원의 명찰을 바라본다.

이 사람은 친구들한테 뭐라고 불릴까?

이런 상상을 하면 즐겁다.

점원의 이름이 마쓰모토 씨였다고 해보자.

'맛짱'이라고 불릴까? 아니면 '맛상'일지도?

별명에도 지역성이 있을까. 나는 오사카 출신인데, 아르바이트를 했던 오코노미야키 가게에서 '맛슨'이라고 불렸다. 마쓰다라는 친구는 '맛쯘'이었다.

멍하니 명찰을 바라보며 '별명이 뭘까~' 하고 생각하는 한때는 곧 과거의 유산이 될지도 모르겠다. 의외로 미래에는 지금보다 훨씬 바쁠지도 모르지.

나이트 가드

요즘 나는 자는 동안 나를 지킨다. 정확히 말하면 내 치아를 지킨다. 치과의사가 나이트 가드라는 걸 만들어줬다.

나이트 가드는 말하자면 마우스피스다.

"자고 일어나보면 자주 이를 악물고 있어요."

치과 검진을 받으며 의사에게 말했더니 "나이트 가드를 써볼래요?"라고 제안했다. 이를 악무는 걸 방지해주는 효과가 있다고 한다.

잠에서 깼을 때 이를 악물고 있다는 말을 한 순간, 왠지 모르게 내가 딱하다는 생각이 들었다. 이를 악물고 잘 만큼 고민거리도 없을 텐데, 나도 모르는 사이에 이를 악문다.

그리하여 바로 치아 본을 떴다.

나이트 가드는 윗니에 끼우는 건지, 윗니 전체에 차가운 점토 같은 것을 꾹꾹 눌러 붙였다. 마를 때까지 몇 분은 입을

벌리고 대기.

무서워……. 숨을 쉴 수 있는 상태인데도 점점 숨이 막혔다.

이럴 때는 즐거운 일을 생각하는 게 최고다.

즐거운 일이 뭐가 있을까? 그렇지, 집에 가는 길에 과일 샌드위치를 먹자. 딸기를 먹을까? 멜론이 좋을까? 생각하는 동안 끝났습니다, 하는 말과 함께 본뜨기가 끝났다.

일주일 후, 다시 치과를 찾았다.

어렸을 때는 그렇게 싫어하던 곳인데 어른인 나는 신나서 갔다. 완성된 '마이 나이트 가드'가 기대된다.

의자에 앉아 기다렸다. 나이트 가드가 나왔다.

예쁘다. 투명하고 반짝반짝하다. 만져보니 적당한 탄력이 있다. 복서가 입에 무는 마우스피스는 좀 더 딱딱하려나?

바로 장착해봤다.

"와, 딱 맞아!"

내 치아 본을 떴으니까 당연한 일인데 완벽하게 딱 맞아서 감동했다.

"불편해서 잠을 잘 못 주무신다는 분들도 계세요."

의사 선생님의 말을 듣고, 그날 밤은 조심조심 장착했다. 밤중에 한 번 깼지만 나는 보호받고 있으니까 안심하고 다시 꿈나라에 빠져들었다.

레이와 시대의 선풍기

국자처럼 생긴 미니 선풍기를 들고 걸어 다니는 사람이 자주 보이기 시작했다. 신호를 기다릴 때 그들은 얼굴에 바람을 쐰다. 시원하고 편리해 보인다. 게다가 귀엽다. 나도 갖고 싶어, 미니 선풍기!

그런데 말이다. 경험상 내가 유행하는 아이템을 갖고 싶어 할 때쯤이면 이미 유행이 제법 진행된 후다. 지금 사러 가봤자 품절일지도 모른다.

신주쿠에서 영화를 보고 돌아오면서 도큐핸즈(잡화 전문 대형 쇼핑몰)에 들러봤다. 아직 있다. 많이 있다. 특별 행사 중인 미니 선풍기 매대에는 사람이 우르르 모여 있었다. 아무래도 이번에는 나도 유행의 파도를 탈 수 있나 보다.

유행 하니까 생각났는데, 루빅큐브가 크게 유행했을 때 기억하기로 나는 초등학교 고학년이었다. 친구들이 달그락달

그릭 돌리는 걸 보고 "나도 갖고 싶다, 루빅큐브!" 했다.

당장 자전거를 타고 쌩하니 잡화점에 갔다. 마음이 급해 자전거도 서서 탔다.

루빅큐브는 딱 하나 남아 있었다. 그건 계산대 앞에 놓인 '샘플'이었다. 당분간 들여올 예정이 없다고 한다. 나는 완전히 때를 놓치고 만 것이다.

"샘플이라도 괜찮으면 팔게요"라고 점원이 말했다.

그 루빅큐브는 사람 손을 많이 타서 거뭇거뭇했다. 귀중한 용돈으로 '샘플'을 사도 괜찮을까? 고민한 끝에 나는 그걸 정가에 샀다. 가족에게는 '샘플'이라고 말하지 않았다. 밝히지 않은 기분을 지금도 이해한다. 이거면 된다고 내가 정한 거에 이러쿵저러쿵 말을 듣고 싶지 않은 건 어른도 아이도 마찬가지 아닐까.

아무튼 레이와 원년(2019년 5월 1일부터 그해 말까지)의 미니 선풍기. 하나 사서 돌아오는 길에 바로 사용해봤다.

밤하늘 아래. 역에서 집까지 가는 익숙한 풍경. 똑같은 편의점. 똑같은 우체국. 똑같지 않은 건 내 얼굴을 향해 불어오는 선풍기 바람. 미지근하지만 조금 유쾌했다.

보헤미안 랩소디

영화 〈보헤미안 랩소디〉를 네 번 봤다. 1회 차는 개봉 첫 날. 지인과 저녁을 먹은 뒤 가보자는 말이 나와서 심야 영화로. 퀸이라는 영국 록 밴드의 자전적 이야기인데, 팝송 문외한인 나는 퀸을 전혀 몰랐다. 영화를 보고 느닷없이 퀸의 팬이 되어 응원 상영관(싱어롱 버전 상영관)이라는 데까지 갔다.

응원 상영이란 관객이 영화를 보며 함께 노래를 부르거나 박수를 쳐도 되는 관람 형식이다. 나는 모두와 함께 흥겹게 즐기고 싶었다. 하지만 영화가 개봉하자마자 화제를 모으다 보니 나처럼 퀸을 잘 모르는 사람들도 몰려들었다. 잘 모르는 사람끼리 합창을 할 수 있을 리 없었고, 처음엔 박수쯤은 쳤지만 결국 모두 조용히 스크린을 봤다.

그로부터 몇 달 후, 나는 오키나와 나하의 한 영화관에 있었다. 여행지에서 〈보헤미안 랩소디〉를 마지막으로 관람하기로 한 것이다. 개봉하고 한참 지났으니 사람도 드문드문. 여유롭게 볼 수 있었다.

좋아하는 장면이 아주 많다. 아직 신출내기인 퀸이 업계 유명 매니저와 처음 대면하는 장면도 그중 하나. 보컬인 프레디는 강렬한 인상을 주는 게 중요하다며 소매가 펄럭펄럭한 화려한 의상을 입고 나간다.

나도 이런 생각을 한 적이 있다.

대스타와 나를 쉽게 겹쳐 보는 뻔뻔함을 허용하는 것도 영화 감상의 한 가지 방법이겠지.

오사카에서 상경해 내 그림을 들고 출판사에 영업하러 다니던 그 시절. 어떤 사람에게 일을 맡기고 싶을지 생각하다가 '응원하고 싶어지는 사람'이 아닐까 생각했다. 그래서 아주 커다란 배낭을 짊어지고 영업하러 갔다. 얼마나 효과가 있었는지는 모르겠지만, 그렇게 연기함으로써 용기가 생겨났다.

나하에서 마지막으로 볼 생각이었는데, 질리지도 않고 그후에 우에노 공원에서 열린 야외 상영회에 친구들과 함께 갔다. 거대 스크린을 앞에 두고 수많은 관객이 땅바닥에 털퍼덕 앉았다. 후반부 라이브 장면에서는 일어나서 환호성을 질렀다. 이걸로 마침내 마음이 후련해졌다.

남의 집 내부

　이사 작업 중인 트럭 옆을 지날 때면 힐끔 안을 살펴보고 싶어진다. 아니, 실제로 힐끔 훔쳐본다. 옷장이 되게 많네, 커다란 거울이 있네, 하고 내 인생과 아무런 관련도 없다는 걸 알면서도 남의 집 내부를 들여다보고 싶은 것이다.

　나는 아파트 단지에서 자라서 이웃집도 구조는 모두 똑같았다. 그런데 막상 안에 들어가보면 굉장히 달랐다. 소꿉친구네 집은 부엌과 거실 사이의 벽을 허물고 커다란 소파를 놨다. 고타쓰가 중앙을 차지한 우리 집보다 훨씬 세련돼 보였다.

　어려서부터 평면도를 좋아했다. 신문에 끼워진 전단에 평면도가 있으면 황홀하게 바라봤고, 연필로 방이나 마당을 추가로 그려 넣으면서 놀기도 했다. 지금도 이사 계획도 없으면서 부동산 창문에 붙은 평면도를 멈춰 서서 바라보는 밤이 있다.

예전에 살던 맨션에 넓은 베란다가 있었다. 도쿄에서 몇 번인가 이사를 거치고 들어간 집이었다. 평면도에는 없었는데 집을 보러 갔더니 널찍한 베란다가 있었다.

4년을 살고 이사할 때, 베란다에 내놓은 올리브 화분을 처분하기로 했다. 가지가 뻗는 모양도 별로고 잎도 드문드문 났다. 그래도 '올리비'라는 이름까지 붙인 나무였다. 도저히 버릴 수가 없어서 깊은 밤, 맨션 화단에 몰래 옮겨 심었다.

"여기에서 크게 자라는 거야."

그런데 아침에 보니 올리비가 홀연히 모습을 감췄다. 걸어서 도망쳤을 리 없으니 관리회사에서 치운 걸까? 이사 당일, 옆집 베란다에서 올리비를 봤을 때는 깜짝 놀랐다. 엥? 화단에서 뽑아서 화분에 심은 거야? 놀라긴 했지만 올리비에게 새 보금자리가 생겼다는 사실에 안도했다.

동네 공동주택에 그럭저럭 2년이 되도록 비어 있는 집이 있다. 앞을 지날 때마다 텅 빈 내부를 들여다보는 습관이 생겼다. 아무도 살지 않으니까 마음껏 봐도 괜찮을 텐데 대체 왜일까, 잘못하는 기분이 들어 늘 '힐끗' 본다.

어울리는 음식 조합

작은 레스토랑에서 마지막 디저트로 물양갱이 나왔다. 잘게 썬 머스캣 세 조각이 올라갔고, 또 초록 레몬 껍질을 갈아서 뿌렸다.

물양갱, 머스캣, 레몬 껍질.

전부 먹어본 적 있지만 한꺼번에 입에 넣은 적은 없다. 머릿속으로 맛을 상상하며 야금. 제일 먼저 레몬 향이 입안에 퍼진다. 이어서 찾아오는 껍질의 쓴맛이 머스캣의 산뜻한 산미와 격돌하고, 팥의 달콤함이 지지 않겠다며 참전한다. 최종적으로 물양갱의 까슬한 식감이 모든 것을 하나로 모아서, 이게 무슨 맛인가 하고 생각하는 사이에 입안에서 사라졌다. '맛있어!'는 나중에 찾아왔다. 감동해서 제일 먼저 든 생각은 '집에서도 해봐야지'였다.

히메노 가오루코 씨의 에세이집『뭐가 '잘 먹었습니다'야!』

에는 맛있어 보이는 음식, 아니, 음식 조합이 잔뜩 나온다.

예를 들어 교토를 대표하는 명과인 야쓰하시라는 화과자. 히메노 씨가 말하기를, 야쓰하시는 커피와 잘 어울린다고 한다. 나도 화과자와 커피 조합은 좋아하는데, 히메노 씨는 여기에 의외의 재료를 하나 더 조합한다. 이게 뭔지는 나중에 말하기로 하고, 의외의 조합으로 만든 도라야키(반죽을 둥글납작하게 구워 두 쪽을 맞붙이고 사이에 팥소를 넣은 화과자)를 먹은 적이 있다.

구운 반죽을 브랜디에 적신 어른의 도라야키였다. 브랜디도 슬쩍슬쩍 묻힌 게 아니다. 들어보면 듬직하게 무겁고 액체를 짜낼 수 있을 것 같았다. 술에 약한 나는 다 먹을 때쯤 얼굴이 살짝 붉어졌을 정도다.

마음에 들어서 그 화과자 가게 근처에 볼일이 있을 때면 반드시 들른다. 냉장고에 넣어뒀다가 접시에 올려 스푼으로 먹는 걸 좋아하는데, 이것도 역시 커피와 잘 어울린다.

자, 그렇다면 히메노 씨의 야쓰하시.

커피(물을 많이 넣은 약배전의 킬리만자로), 야쓰하시(계피맛), 홍옥 사과를 번갈아가며 먹으면 잘 어울린다고 한다. 취향에는 개인차가 있으니 그저 소개만 하는 거라는데, 시도해보고 싶어서 근질근질하다.

악어 공원

그렇게 말하면 좋았을 텐데, 이렇게 말할걸 그랬지. 한심한 나에게 좌절해서 집으로 가는 길, 최선을 다해 놀던 어린 시절의 추억에 위로받은 적이 있다.

하교해서 간식을 먹고 "○○랑 ○○ 공원에서 놀고 올게!"라고 엄마에게 말하고 뛰어나갔던 초등학생 시절.

친구들과 놀았다지만, 나나 누군가가 고집을 부려 재미없었던 날도 있고 사이가 틀어졌던 날도 있다.

그러다가 예상치 못하게 찾아오는 '최고로 재미있는 날'. 모두의 마음이 완벽하게 하나가 되어 점점 더 놀이가 재미있어지는 기적 같은 오후.

"미끄럼틀 아래는 악어의 강이야!"

자연스럽게 그런 놀이가 만들어진 적이 있다.

악어는 무섭다. 악어는 위험하다. 일단 미끄럼틀 위에 있으면 안전하니까 대피했다. 그렇다고 모두 미끄럼틀 위에만 있으면 놀이가 되지 않는다.

"악어, 지금 자고 있어."

누군가의 한마디에 우리는 모험을 떠났다.

나뭇가지로 그린 지면의 동그라미.

"이 안은 인진지대야."

그렇게 정하고 동그라미 섬을 폴짝폴짝 뛰어 밟으며 나아갔다. 무기는 '마법의 돌'인데, 물론 아까까지 근처에 굴러다니던 그 돌이다.

악어를 잠들게 하는 것도, 깨우는 것도 우리에게 달렸다.

"악어, 일어났어, 도망쳐!"

필사적으로 미끄럼틀 기지로 돌아왔다.

전부 거짓말인 걸 알면서도 최선을 다해 놀던 때의 두근거림. 어느새 주위가 어스름해진 것을 알고 집으로 달려갔다.

어른이 된 지금도 떠올리면 입가에 미소가 번진다.

잘 안 풀리는 일도 있다. 산더미처럼 많다. 그래도 내 안에는 즐거운 악어 공원이 있으니 언제든 놀러 갈 수 있다.

곤란할 때는

런치 뷔페 갈래요?

엄마에게 메시지를 보내자 '가겠습니다'라는 답이 왔다. 곧바로 교토 호텔의 레스토랑을 예약하고, 오사카 본가에 귀성했을 때 둘이 같이 갔다.

모처럼 왔으니까 관광도 하려고 교토역에서 도보로 10분 거리에 있는 정원 쇼세이엔으로 향했다.

이렇게 가기 편한 위치에 이렇게 큰 일본 정원이 있다니? 처음 방문하고 깜짝 놀랐다.

아직 단풍이 들기 전이었지만 호숫가를 한 바퀴 돌았다.

자그마한 다리도 건넜다. 연못 안에 왜가리 한 마리가 가만히 서 있었다. 쇼세이엔에서는 교토 타워가 잘 보였다.

가벼운 관광을 마치고 런치 뷔페로 이동.

그런데 문제가 생겼다. 호텔 위치를 모르겠다. 교토역에 도착해서 스마트폰으로 검색하면 될 줄 알았는데, 그 스마트폰을 집에 두고 왔다.

이게 웬일이람. 관광안내소까지 돌아가기도 귀찮고, 전화번호 안내 서비스에 전화를 걸어 호텔 전화번호를 알아보려 해도 스마트폰에 의존하는 생활을 한지라 전화번호 안내 서비스의 번호조차 흐릿했다. 예전에는 자주 이용했었는네.

"아마 이 번호일 거야."

엄마의 일반 휴대폰으로 걸었더니 '삐삐삐 오후 12시 50분 ……' 하고 시간 안내가 나온다. 둘이 같이 폭소했다.

웃고 있을 상황이 아니었다. 예약 시간이 다가오고 있다.

바로 옆에 회사원으로 보이는 청년이 있었다. 그는 스마트폰으로 만화를 읽고 있었다. 순간 중요한 사실을 떠올렸다. 곤란할 때는 도와달라고 말하면 된다.

그에게 말을 걸었다.

"실례합니다, 스마트폰을 깜빡하고 와서 그런데요, 죄송한데 미야코호텔 위치를 잠깐 알아봐주실 수 있을까요?"

잠깐이라는 말은 편리하다. '간단하게 할 수 있는 일을 부탁합니다!'를 순식간에 표현할 수 있다.

그가 잠깐 알아봐준 덕분에 런치 뷔페에 늦지 않았다. 세상에, 100종류나 되는 요리가 나오는 런치 뷔페였다.

초밥도 나왔다. 테이블에 초밥이 놓이자마자 엄청난 전쟁이 시작됐다. 그걸 가까이에서 본 네다섯 살 정도 된 여자아이가 "초밥이 없어져요!" 하고 울어서 아빠가 달랬다. 무서웠겠지. 처음 보는 어른들의 음식 쟁탈전이…….

나는 엄마에게 조용히 속삭였다.

"엄마, 샐러드는 그만둬요. 배가 찰 거야."

"응, 그러자꾸나."

이것저것 실컷 먹고 그날 밤은 저녁을 안 먹고 잠자리에 들었다.

지갑을 사기 좋은 날

"손님, 오늘은 지갑을 장만하기에 아주 좋은 날이에요!"

가게에서 지갑을 보는데 젊은 여성 점원이 말했다.

"그런 날이 있어요?"

나도 모르게 되물었다.

"1년에 몇 번 없는데요, 손님. 오늘이 바로 그날이에요."

천사일^{天赦日}이라는 길일이라는데, 새 지갑을 장만하기에도 좋다나 보다.

점원은 또 이렇게도 말했다.

"손님, 지금이 딱 좋은 시간입니다."

"시간이요?"

"오후 5시부터 11시 시간대가 좋거든요."

"진짜예요?"

웃으면서도 나는 예전부터 이 가게의 지갑을 갖고 싶었던 터라 살 생각으로 구경하고 있었다.

길일 같은 것에 개의치 않는 성격이지만, 점원이 너무도 기쁜 표정으로 알려주니 점점 유쾌해졌다.

"그래요, 그럼 사야겠어요!"

기분 좋게 지갑을 골랐다. 어느 색으로 할까, 까만 지갑을 집어 들었다. 점원이 말했다.

"꼭 거울로 한번 봐보세요."

오오, 지갑에도 어울리고 안 어울리고가 있나? 시키는 대로 지갑을 들고 거울 앞에 섰다.

"어때요?"

내가 묻자, "음, 손님께는 이 색상이 더 잘 어울릴 것 같아요"라며 가져온 것은 이럴 수가, 은색이었다. 번쩍번쩍 빛났다.

그렇군, 나는 은색 지갑이 어울리는 인간인가.

그 지갑을 들고 다시 거울 앞에 서자, 점원이 "잘 어울려요!"라고 말해서 그걸로 결정했다. 최근 불필요한 자기주장은 삼가려던 참이라서 다른 사람이 정해줘도 괜찮았다.

"계산 부탁할게요."

계산하는데 다른 점원이 내게 말했다.

"손님, 오늘은 지갑을 장만하기에 아주 좋은 날이에요!"

응, 알아요. 다들 알려줘서 고마워요.

그 자리에서 바로 은색 지갑에 돈을 넣고 귀가했다.

밤새우기 좋아하는 사람

오후 10시. 저녁을 다 먹은 시점부터 나의 밤이 시작된다는 느낌이 든다.

초저녁. 태백성. 금달맞이꽃.

이 아름다운 일본어 단어 시리즈에 나는 '밤새우기 좋아하는 사람'도 당당하게 들어간다고 생각한다(일본어로 초저녁은 요이노구치宵の口, 태백성은 요이노묘죠宵の明星, 금달맞이꽃은 요이마치구사宵待草, 밤새우기 좋아하는 사람은 욧파리宵っ張り로, 모두 한자 '宵'로 시작한다).

이름이 있다는 건 동료가 있다는 뜻이다. 별빛 아래, 커튼을 내린 방에서 나와 마찬가지로 부스럭부스럭 뭔가를 하는 사람들의 존재에 안심한다.

밤은 다정하다. 밖에 나가 많은 사람을 만나고 자기 가치를 높여라! 이렇게 재촉하지 않는다.

재미있게 말하는 사람

2020년

　재미있는 일이 있어도 다른 사람에게 재미있게 이야기하기란 쉽지 않다.

　얼마 전에도 조금 재미있는 일이 있어서 "요전에 말이야~" 하고 말을 꺼낸 것까지는 좋았는데, 시작한 지 몇 초 만에 '하여간 말 한번 진짜 재미없게 하네……'라고 생각하면서 겨우 이야기를 끝마쳤다.

　안다. 아무도 내게 재미있는 이야기를 원하지 않는다.

　그러니 굳이 재미있지 않아도 된다. 본 것과 겪은 일을 평범하게 말하면 된다.

　그래도 기왕이면 재미있게 들어줬으면 좋겠고, 가능하면 재미있는 사람으로 보이고 싶다. 그렇게 생각하는 내 머릿속을 들여다보면 역시 재미있는 사람에게 품은 절대적인 경의가 있다.

연말에 본 M-1 그랑프리. 설명할 필요도 없이 우승상금을 걸고 벌이는 만담꾼들의 경쟁이다.

지금부터 재미있는 이야기를 할 거거든요!

이렇게 무대에 올라가면 기분이 어떨까? 자기가 재미있는 인간이란 걸 아는 사람들은 도대체 어떤 기분일까.

고등학생 시절, 같은 반에 유난히 재미있는 친구가 있었다. 딱 적절한 순간에 딱 적절한 소리를 해서 아하하 웃게 했다. 그런 아이에게는 지각해서 교실에 늦게 들어왔을 뿐인데 까다로운 선생님도 무심코 웃게 하는 힘이 있었다.

재미있는 말을 잘하는 사람의 뇌는 어느 부위가 발달했을까?

거길 활성화하는 음식, 이미 알아냈을까? 밝혀진 게 있다면 매일 그걸 볶아서 먹고 싶은 심정이다.

발효의 힘

어느 휴일. 정오 넘은 시각까지 느긋하게 자고, 눈을 뜬 후에도 따뜻한 이불 안에서 뒹굴뒹굴. 자는 동안 꾼 꿈을 생각했다.

즐거운 꿈은 그다지 꾸지 않는다. 그렇다고 무서운 꿈을 꾸는 것도 아니다.

최근에는 셀로판테이프가 말을 하는 신기한 꿈을 꿨다. 에도가와 란포의 책을 읽어서 그런 게 분명하다.

영원토록 뒹굴뒹굴할 수 있을 것 같다. 다시 잠들어도 되지만 날이 화창했다. 또 이불 속으로 뛰어들고 싶어지는 마음의 싹을 잘라내려고 후다닥 옷을 갈아입었다.

아침밥(이라기보다 이미 점심이지만)은 든든히 먹는다. 그런데도 작년에 이어 올해 건강검진에서도 "영양실조 기운이 있어요"라고 주의를 받았다. 콜레스테롤이 어쩌고저쩌고하니까 기름진 음식은 자제하는 게 좋겠다는 말도. 그래서 요즘은 아침밥에 낫토를 추가했다. 몸 상태가 좋아지는 것 같다. 발효의 힘에 기대를 걸고 싶다.

식사를 마치고 창문을 열어 환기했다. 청소기를 돌린다. 다 끝나면 커피를 마시며 신문을 읽거나 잡지를 들춰 본다. 맛있어 보이는 음식점 소개가 실렸으면 스마트폰으로 찰칵. 사진을 찍어둔 가게에 찾아가는 일이 제법 있다. 상경한 지 25년. 몇 년이 지나도 도쿄가 새롭다.

해가 저물기 전에 동네 마트에 갔다.

마트에서는 카트를 밀고 다니는 쪽이다.

"어른이 되면 혼자 카트를 밀면서 장을 보고 싶어."

이렇게 바랐던 어린 시절의 꿈을 이뤄주는 중이다.

돌아오다가 카페에 들러 차를 마시면서 창밖을 오가는 겨울옷 차림의 사람들을 바라봤다.

매화를 보다

매화를 보러 간다.

고등학생 시절의 나는 이런 날을 상상이나 했을까?

화려하게 피는 벚꽃이면 몰라도 매화를 보며 즐거워하리라고는 상상도 못 했다. 애초에 아르바이트로 세월을 보내느라 그 계절의 꽃을 알아차릴 겨를조차 없는 나날이었다. 아르바이트 월급은 거의 옷값으로 사라졌는데, 그래도 조금씩 저금해서 미대 입시를 위해 고등학교 3학년 때부터 다니기 시작한 미술학원 수강료는 직접 냈다.

예전부터 고집이 세서 뭐든 내 힘으로 하려는 면이 있었다.

결국에는 부모님이 돈을 대주셔서 여름 전에 아르바이트를 그만뒀는데, '고등학생의 시간은 이렇게나 여유롭구나~' 하고 놀랐던 기억이 난다.

아무튼 매화는 좋다.

올해도 친구들과 어울려 도쿄 하네기 공원에 매화를 보러 갔다.

하네기 공원은 무료다. 무료로 다양한 종류의 매화꽃을 볼 수 있다. 홍색, 흰색, 분홍색. 멀리서는 색만 달라 보이는데, 가까이서 살펴보면 종류에 따라 꽃잎 숫자도 다르고 크기도 제각각이다. 매화꽃은 뒤에서 봐도 사랑스럽다.

나는 이게 좋아, 나는 이거.

이러쿵저러쿵 수다를 떨며 매화꽃 가득한 언덕을 오르락내리락. 벚꽃놀이와 다르게 단체로 연회를 즐기는 사람은 없다. 가족 단위로 조촐하게 모여 조용히 먹고 마신다.

저마다 매화를 즐긴 후, 근처 카페에서 보내는 한때. 과일 샌드위치를 홀라당 먹어치우고 어떡해, 열량을 소비해야 해, 하며 다 같이 두 정거장쯤 걸었다.

언덕을 오르는 도중에 뒤돌아보니 후지산이 보였다. 왠지 모르게 고마웠다. 걸은 후에는 다시 카페에 들어가 달콤한 것을 먹었다.

꽃 비녀, 아르메리아

신종 코로나 바이러스 때문에 불안한 하루하루다. 적어도 집에서라도 밝게 지내보려고 앞치마를 새로 장만했다. 핀란드의 패브릭 브랜드 '마리메코'의 화려한 앞치마다.

앞치마.

초등학교 가정 수업 때 직접 만든 적이 있다. 여자아이는 분홍색. 남자아이는 하늘색. 요즘 시대에는 아무럼 이런 식의 색 구분은 없으려나. 완성한 앞치마에 다리미로 장식 패치를 붙이고 급식 당번을 할 때 사용했다.

바느질이나 그림 그리기나 공작. 잔손이 많이 가는 일을 좋아했지만 나보다 손재주가 좋은 아이는 셀 수 없이 많았다. 그래서 성적은 전부 보통이었다.

선생님에게 칭찬받지 못해도 좋아하는 게 정말로 좋아하는 거다.

그걸 안 건 한참 시간이 지난 후다.

새 앞치마로 분위기를 밝게 하자마자 마트에서 휴지가 다 팔렸다는 뉴스가 나왔다.

저녁에 동네 마트에 갔더니 정말 없었다. 옆에 서서 넋을 놓은 낯선 여성과 "없……네요" 하고 같이 고개를 끄덕였다.

모처럼 밖으로 나왔으니 꽃집에 들렀다. 화분에 모아 심기를 해볼 생각이었다. 꽃에 대한 지식이 거의 없어서 점원에게 물어보며 골랐다.

몇 포기쯤 심을 수 있나요? 오래가는 꽃은 뭐죠?

"이런 건 어때요?"

점원이 작고 하얀 꽃을 가져다줬다.

"아르메리아라고 해요. 일본말로는 하나칸자시, 꽃 비녀라는 뜻이죠."

어머, 이름이 멋지다!

내가 이 꽃이라면 콧대가 높을 것 같다. 노란 비올라와 어울려서 봄 같은 색감으로 조합해 모아 심기를 해보기로 했다.

집에 돌아와 앞치마를 걸치고 꽃 비녀에 물을 줬다. 침착하게 화장지 개수를 확인하니 당분간은 어떻게든 될 것 같았다.

골목의 이름

꽃가루 알레르기가 있다. 특히 괴로운 건 기침이다.

몇 년 전 꽃가루 알레르기로 인한 기침이 심해져서 천식 비슷한 증상으로 흡입제까지 쓴 적이 있다. 그 후로 이맘때가 되면 특히 목에 신경을 쓰는데, 밖을 걸으면 콜록콜록.

그런 와중에 신종 코로나가 유행하고 있다. 사람들 앞에서 기침이 멈추지 않으면 어쩌지……, 생각만 해도 끔찍해서 집에 틀어박힌 나날.

그렇지만 적당한 운동도 중요하다. 꽃가루가 좀 가라앉는 해 질 무렵, 마스크를 쓰고 집 근처를 산책한다.

마음 가는 대로 오른쪽으로 갔다가 왼쪽으로 갔다가.

가벼운 마음으로 미아가 된 듯한 기분을 즐기며 걷다 보니 자판기 앞이다. 1회 천 엔. 뭐가 나올지 모르는 자판기다. 예전에 친구와 해봤을 때는 전차 프라모델이 나왔다.

고민하지 않고 도전했다.

지폐를 넣고 버튼을 누른다. 엇, 안에 뭐가 들어 있긴 해? 불안한 기분이 들 정도로 가벼운 작은 상자가 떨어졌다. 열었더니 금색 손목시계. 가격은 3천 엔이라고 적혀 있었다. 쓸지 말지는 나중 문제고 '득템'한 기분이 드는 가격이잖아!

만약 지금 내가 돌아가신 아버지와 나란히 산책한다면, 아버지는 틀림없이 "천 엔이라네, 어디 해볼까"라고 말했겠다 싶어 웃음이 났다. 이런 놀이를 좋아하는 사람이었다.

황금 시계를 손에 쥐고 다시 집들을 구경하며 걸었다. 여기에서 태어나고 자라지 않았으니까 동창생 집은 한 채도 없다. 그게 조금 아쉽다.

초등학교 친구의 생일 파티에 초대받아 그 집으로 향할 때의 들뜬 기분. 친구가 건넨 손수 그린 약도에 의지해 처음 가는 골목으로 들어선다. 그 길은 이윽고 '○○네 집으로 가는 길'이라는 이름이 붙었다.

아무튼, 산책. 몸도 후끈후끈해졌으니까 슬슬 돌아갈까.

개를 데리고 나온 사람들이 서서 대화하는 모습이 보였다.

그때 앞쪽에서 작은 개 한 마리가 종종거리며 걸어왔다. 독특하게 생긴 개였다. 처음 보는 개다. 아마 고급 품종견 아닐까.

그런데 왜 목줄을 안 했지.

"지금 뭐였어?"

개를 산책시키러 나온 사람들이 술렁거렸다. 아무래도 너구리였나 보다. '너구리 길'이 탄생한 순간이었다.

아마릴리스

초인종이 울려 문을 열자 아주 커다란 꽃바구니.

"와, 예뻐라!"

감탄이 저절로 나온다. 분홍색 리시안셔스에 분홍색 장미. 귀여운 파란 꽃도 있다. 파란 델피니움이다. 꽃에 문외한인 내가 왜 이런 이름을 아는가 하면, 내가 직접 주문했으니까.

일하느라 집에 틀어박혀 지내는 건 익숙하지만 연일 계속되는 코로나 소식에 마음이 가라앉았다. 꽃을 장식해서 조금이나마 기분 전환을 하려고 '플라워 큐피드'라는 사이트에서 골라봤다. 용도에 따라 다양한 조합을 제공하고 있어서 사진만 봐도 즐겁다.

몇 번인가 이용했지만, 나를 위한 꽃 주문은 처음이다. 도착한 꽃은 상상 이상으로 훌륭했다. 장식해놓으니 마치 방송국의 뉴스 세트장 같다. 방이 전혀 꽃에 못 미치지만 뭐 어때.

안 보면 아까운 기분이 들어서 자꾸만 꽃을 들여다봤다.

오래전, 생일에 아마릴리스 화분을 받은 적이 있다. 실물은 처음 봐서 꽃봉오리가 열릴 때까지 애타게 기다렸다.

초등학교 음악 시간에 불렀던 노래 〈아마릴리스〉. '프랑스에서 사다 준 선물'이라는 가사가 로맨틱했다. 그런데 조금 슬픈 느낌도 들었다.

그 슬픔은 뭐였을까?

선물을 준 사람은 머나먼 외국으로 나가 지금 곁에 없다. 기다리는 사람의 심정과 꽃을 겹쳐 봤을지도 모른다. 마침내 핀 아마릴리스는 새빨갛고 기운이 넘쳐서 슬픔과는 거리가 멀었다.

집에 꽃이 도착한 지 일주일. 아직 시들지 않고 흐드러지게 피어 있다.

까만 전화기

 나는, 지금, 대체 무슨 말을 하는 걸까요.

 컴퓨터로 작업을 하다가 모르는 게 있어서 친구에게 전화로 물었다.

 "이미지에서 색조 보정을 할 때 콘트라스트 25퍼센트……로 하면 되던가?"

 내 입에서 어느 나라 말인지 모를 말이 나오는 걸 또 한 명의 내가 멍하니 듣고 있다.

 컴퓨터에 관해서는 배운 것만 할 수 있다. 자력으로 이 기계를 개척하겠다는 기개가 내게는 없나 보다.

 그런 이유로 컴퓨터에 빠삭한 친구가 꼭 필요하다. 아니, 컴퓨터에 빠삭한 데서 한 발 더 나아가 참을성도 강한 친구여야 한다. 이것저것 가르쳐줘서 고맙다고 인사를 하고 전화를 끊었다.

전화 하니까 생각났는데 중학생 시절. 용기를 내 좋아하는 선배네 집에 전화를 걸었었다. 운 좋게 선배가 바로 받았다. 대화하는 건 처음이었다. 팬이라고 말하자 "고마워!"라고 시원시원하게 대답했다. 인기 있는 사람이었으니까 익숙했겠지. 내 이름을 묻지도 않은 채로 한참 대화를 나눠줬다. 집에 끼만 전화기가 있던 시절이다.

까만 전화기! 다이얼에 손가락을 걸고 돌릴 때의 그 무게감. 어째서 기억에서 지워지지 않는지 신기할 따름이다.

아무튼, 까만 전화기에서 세월이 흐르고 흘러 시대는 컴퓨터로 대면하는 회의, 이른바 온라인 회의가 대세라고 한다. 그 회의에 더듬더듬 도달하려면 나는 뭘, 해야, 되나요?

온라인 회의

지시에 따라 어수선하게 움직이다 보니 온라인 회의장에 도달했다.

스마트폰 화면 너머로 움직이는 편집자가 보였다. 안녕하세요, 안녕하세요, 같이 고개를 숙였다.

상대방의 등 뒤는 유리를 댄 탁 트인 중앙 홀이다. 집이 굉장히 호화롭다고 생각했는데 출판사 사무실이라고 했다.

"미리 씨, 그건 수박인가요?"

내 등 뒤 벽에는 수박 그림이 있다. 삼각형으로 자른 수박이 바닥에 둥둥 떠 있는 평화로운 그림이다.

"네, 괜찮죠~."

그 외에도 몇 가지가 더 걸려 있다. 알몸 아저씨와 파란 고양이가 서로 위협하는 그림도 있다. 만화가인 시리아가리 고토부키 씨의 전시회에서 1만 엔 정도에 구입한 좋아하는 작품이다. 보고 있으면 유쾌해져서 일하다가 종종 감상한다.

코로나의 영향으로 연예인이 자기 집에서 텔레비전 방송에 출연하기도 하는데, 배경이 하얀 벽이나 커튼일 때보다 생활감이 언뜻 보이는 편이 역시 보는 사람 입장에서도 재미있다.

사, 온라인 회의.

"미리 씨, 배경을 바꿀 수 있어요."

방 풍경을 감출 수 있는 가상 배경 기능이 있다고 한다. 상대편의 등 뒤가 갑자기 '우주'로 변했다. 멀리 지구가 보인다. 로켓 안은 아닌 것 같으니까 맨몸으로 떠다니고 있는 건가? 설정이 장엄하다. 너무 장엄해서 조금 집중이 흐트러진다.

"미리 씨도 할 수 있어요."

그래서 해봤더니 나는 넓은 강 앞에 있었다. 웬 강? 이런 풍경 속에서 무슨 이야기를 하면 좋을까.

회의는 그저 핑계고 '잠깐 해봤을 뿐'인 신기한 몇 분. 카페 미팅과 달리 커피를 다 마시면 끝이라는 암묵적인 규칙이 없어서 어떻게 끝내야 할지 모르겠다. 화면에서 빠져나온 후, '조금 전에 고마웠어요' 하고 메시지를 주고받았다.

빵 굽는 기계

　빵 굽는 기계, 제빵기를 샀다.

　나에게는 상당히 큰 가전제품이다. 왜냐하면 우리 집에는 토스터도 전자레인지도 전기밥솥도 없다. 오래된 걸 처분한 후로 빵은 생선 그릴로 굽고, 데울 때는 찜기를 쓰고, 밥은 뚝배기로 짓는다. 어떻게든 되는구나 싶어 이렇게 몇 년을 지냈는데 전자레인지만큼은 이제 슬슬 갖고 싶다. 우유 한 컵을 데우기 위해 냄비를 쓰는 건 귀찮다. 다만 그걸 웃돌 정도로 '고르기 귀찮아서' 미뤄왔다. 그런 내가 제빵기를 골라서 샀다. 길고 긴 외출 자제 기간. 집에서 갓 구운 빵을 먹고 싶은 마음이 간절했다.

　제빵기가 도착했다. 상상 이상으로 컸다(전자레인지를 놓을 자리가 사라졌다.).

　그나저나 가전제품을 새로 사면, 설명서를 꼼꼼히 읽는 어른과 대충 읽는 어른이 있다.

나는 대충 읽는 어른이라서 힐끗 훑어본 다음, 마트에서 산 빵 재료를 우르르 투입했다. 네 시간 후면 빵이 구워진다. 즐거운 마음으로 기다린다.

방 전체에 퍼지는 빵이 구워지는 좋은 냄새.

고등학생 때 빵집에서 아르바이트를 했던 기억이 떠오른다. 같은 고등학교 친구가 먼저 아르바이트를 하고 있어서 금방 친해졌다. 좋아하는 가수 이야기, 장래 이야기. 주고받은 수많은 편지. 글씨를 작게 쓰는 여자애였다. 지금도 연하장이 오는데 글씨는 그 시절 그대로다.

다시 제빵기.

삐삐, 완성을 알리는 소리가 났다. 생각보다 소리가 커서 화재경보기가 울린 줄 알겠다 싶어 허둥지둥 부엌으로 달려갔다.

뚜껑을 열었다.

나온 빵은 납작했다. 식빵을 구웠는데 마치 욕조를 닦는 스펀지 같다……

그제야 비로소 설명서를 차분히 읽었다.

실패한 원인을 알았다. 재료를 기계에 넣는 순서가 따로 정해져 있었다.

먼저 물부터. 그다음에 강력분. 드라이이스트는 강력분 이외의 재료에 닿지 않게 마지막에 넣으라고 했다. 제빵의 세계란 그냥 다 넣어도 될 만큼 어설프지 않나 보다. 다음 날, 순서대로 했더니 멋진 식빵이 완성됐다.

내 몸을 잣대로

예전에 좋아했던 남자아이가 어쩌다가 이런 말을 했다. 자기 몸을 잣대로 사용할 수 있게 길이를 알아두면 편리하다고.

예를 들어 팔꿈치부터 손목 볼록한 뼈까지의 길이. 손바닥을 펼쳤을 때 새끼손가락 끝부터 엄지손가락 끝까지의 길이. 그걸 알아두면 주변에 있는 어지간한 물건의 길이를 잴 수 있다.

이런 소리를 10대 남자아이가 했으니, 나는 점점 더 그 아이를 좋아하게 됐다.

그 남자아이가 어떤 어른으로 성장했는지는 모른다. 그래도 나는 내 팔꿈치부터 손목 볼록한 뼈까지 길이가 25센티미터라는 걸 안다. 손바닥을 펼쳤을 때 새끼손가락 끝부터 엄지손가락 끝까지 길이가 20센티인 것도. 그 아이의 말처럼, 나는 살면서 내 몸을 잣대로 아주 유용하게 사용하고 있다. 가방, 수납 용품, 그 외 여러 가지에. 가게에서 대략적인 길이를 알고 싶을 때 쓱 잴 수 있다.

"아이고, 편해라."

잴 기회가 있을 때마다 고등학생 시절의 풋풋한 여름날이 떠오른다.

세상에서 제일 맛있는 과자

해 질 무렵 마트. 가게 앞에 가을철 과일이 놓이기 시작해서, 그러고 보니 올해는 수박을 많이 못 먹었구나 싶었다. 코로나 사태로 장 보는 횟수를 줄였더니, 한번 장을 볼 때 큰 물건은 선뜻 고르기 어려웠다.

햇배를 두 개 바구니에 넣고, 채소 코너에서는 수박을 못 먹어 한스러우니 동아를 통째로 하나. 다만 오늘은 우유는 포기해야겠다.

두부는 작게 나눠진 것을 산다. 매일 아침 된장국에 하나씩 넣는다.

고구마나 감자도 자주 먹는다. 호박은 조금 편하게 냉동된 제품을 쓴다. 잘려 있어서 찌기도 간편하다. 버터를 넣고 포크의 뒷면으로 으깨고 마지막으로 향신료를 넣는다. 카르다몸을 톡톡. 핀란드에 여행 갔을 때 빵이나 과자를 먹으면 독특한 향이 났다. 바로 카르다몸이었다. 여행지의 향기를 냉동 호박으로 즐긴다.

마트 안을 이쪽 매대, 저쪽 매대, 누비며 나아갔다. 과자 진열대 앞에서는 시간이 걸린다. 신상품도 궁금하고 예전부터 좋아하던 것도 먹고 싶다.

어렸을 때, 세상에서 제일 맛있다고 믿어 의심치 않은 과자도 건재했다. 부르봉의 '르망드'다.

코팅된 크림 안에 바삭바삭 얇게 층층이 쌓인 크레이프. 동네 어린이 모임에서 간식으로 이 르망드가 나와도 나는 그 자리에서 먹지 않았다. 원래 과자를 아껴 먹는 아이여서 책상에 과자 전용 서랍이 있었다. 일찌감치 먹어치운 어린 여동생이 달라고 졸라서 매번 자매 싸움으로 번졌다.

"먼저 먹었으니까 참아야지!"라고 엄마에게 여동생이 혼나는 건 이해하겠는데, "계속 안 먹고 두는 게 나빠!"라고 혼나는 건 매번 납득할 수 없었다.

스마트폰 너머의 친구

　화장실에 신문지를 깔고 직접 머리를 잘랐다. 마지막으로 미용실에 간 건 코로나가 유행하기 이전. 그럭저럭 반년이 지났다.

　앞머리를 싹둑싹둑 자르고, 삼면거울을 노려보며 뒷머리까지 잘랐다. 대충 집에 굴러다니는 평범한 가위를 썼는데, 파마 기가 아직 남은 상태라 자르기 쉬워서 20분 만에 끝났다. 지금은 아무와도 만나지 못하고, 만나더라도 스마트폰 너머다.

　"이러면 되겠지."

　하여간 대충이다.

　머리를 잘라서 산뜻해졌다. 온라인으로 친구와 만났다.

　해 질 무렵, 커피를 마시며 잠깐 수다 떨기.

　"머리, 내가 잘랐어."

“아, 나도.”

“와, 나도.”

모두 미용 가위를 갖고 있다고 했다. 갑자기 갖고 싶어졌다. 그래도 사실은 아무래도 미용실에 가고 싶다. 내가 다니는 미용실은 전철을 타고 가야 해서 아직은 나중으로 미뤄야 한다.

온라인 차 모임을 마무리했다. 다음에는 아이스크림을 먹으면서 하기로 했다. 이쪽도 실제로 만나는 건 좀 더 나중으로 미뤄야 할 것 같다.

먹고 싶은 음식 베스트 5

여행 생각만 한다. 코로나가 끝나 원하는 대로 여행을 갈 수 있다면 어디에 갈까?

47개 도도부현을 전부 여행했지만, 아직 가보지 못한 곳이 아주 많다.

니가타현 사도섬에도 가보고 싶다. 아키타현 오가반도에도 가보고 싶다. 홋카이도 시레토코나 도야코, 히로시마현의 도모노우라, 도쿠시마현의 아와노도추. 그렇지, 도쿠시마현의 아와오도리 춤도 보고 싶다.

저물녘에 산책하며 이것저것 떠올리고서 가슴이 부풀었다.

그렇다면 '또 먹고 싶은 것 베스트 5'는 뭘까?

다섯 개만 꼽는 건 도저히 불가능하다. 최소한 지방별로 하나씩 꼽아도 된다는 규칙으로 홋카이도, 도호쿠, 간토, 주부, 긴키, 주고쿠·시코쿠, 규슈·오키나와, 이렇게 일곱 군데로 하면 어떨까. 내 머릿속이 음식으로 꽉 찬 걸 지나가는 사람들은 알 턱이 없다.

홋카이도라면 구시로에서 먹은 '산만마'일까. 겉보기에는 봉초밥(랩 등으로 감싸서 몽둥이 형태로 만든 뒤 썰어 먹는 초밥) 같다. 간장으로 맛을 낸 쌀 위에 구운 꽁치를 얹는다. 마음에 들어서 선물로도 사 왔다.

도호쿠에도 맛있는 음식이 많은데, 나는 밤을 정말이지 좋아한다. 미야기현 나루코온천의 '구리당고'가 또 먹고 싶다. 떡 안에 달게 찐 밤을 통째로 넣고, 간장맛 미타라시 소스를 걸쭉하게 뿌린다. 온천 여관에서 저녁 식사를 제공하지 않았다면 틀림없이 추가로 먹었을 거다.

밤도 좋아하는데, 만두도 좋아한다. 간토라면 도치기현의 만두다. 주부 지역에서 꼽으면 시즈오카현 하마마쓰의 만두. 인기 있는 가게를 하나하나 돌아다니며 배가 볼록 나올 때까지 먹고 싶다.

긴키 지역이라면 나라현에서 먹은 떡 '와라비모치'다. 콩가루가 잔뜩 묻어 있어서 "한번에 먹으려고 하면 재채기가 나와요"라고 점원이 말했는데도 한번에 먹어치우고 콜록콜록 재채기를 했다.

주고쿠·시코쿠라면 에히메현 이마바리의 '돼지고기 계란밥'이고, 규슈라면 가고시마현에서 먹은 '흑돼지 샤부샤부'다.

그리고 지금 제일 먹고 싶은 건 오사카의 우리 엄마가 만든 찹쌀떡 '오하기'다. 부드러운 팥소에 고슬고슬한 찹쌀 알갱이. 신칸센을 타고 약 두 시간 반. 가까우면서도 먼 고향이다.

나에게 보내는 편지

언젠가 해야지 생각하면서도 못 하고 있는 일이 있다. 나에게 보내는 편지다.

나는 자식이 없으니까 나이를 먹었을 때 객관적으로 조언해줄 젊은 세대가 가까이에 없다. 그래서 미래의 내 앞으로 주의사항을 적어둘 생각이다.

예를 들어 옷차림.

"더 밝은 색 옷을 입지?"

"스웨터 보풀은 잘 뗐어?"

"입 주변에 수염, 가끔은 밀자."

내 자식이라도 이런 말을 들으면 발끈할 것 같은데 과거의 내가 했다면 순순히 듣지 않을까.

방범 면도 중요하다.

"구청에서 왔다고 해도 문을 바로 열어주면 안 돼."

"날치기당하지 않게 가방은 대각선으로 메고."

또 뭐가 있을까.

"슬슬 가스 불 쓰지 말고 인덕션으로 바꾸지?"

이런 거?

생각하기 시작하면 귀찮아져서 아직은 괜찮다고 미루는 중이다.

"나는 노인이 되면 자동차 운전, 그만둘 거야."

아버지는 자주 이런 말을 했다.

하지만 막상 그 나이가 돼서도 아버지는 좀처럼 운전대를 놓으려 하지 않았다. 그 일로 몇 번 싸우기도 했는데, 조금 쓸쓸한 추억으로 남았다.

자기 부모에게 "이제 나이가 많잖아요"라고 말해야 하는 쓸쓸함. 자기 자식에게 "이제 나이가 많잖아요"라는 말을 들어서 속상하겠다고, 부모 처지가 되어 상상하는 쓸쓸함.

젊은 날의 아버지가 미래의 당신에게 주의사항을 적어뒀더라면 얼마나 좋았을까. 오히려 주변에서 뭐라고 들쑤시지 않자 아버지는 알아서 면허를 반납하러 갔다.

"지금까지 많이 바래다주고 데리러 와줘서 고마워요."

그때 나는 이런 말조차 못 했다.

그래도 이제 어쩔 수 없다. 인생은 앞으로만 나아갈 뿐, 과거의 내게는 편지를 보낼 수가 없다.

선글라스를 쓰고 사이클링

　자전거를 타고 멀리 상점가에 장을 보러 갔다. 느릿느릿 타면 편도 30분. 어엿한 사이클링이다.

　출발 전에 지도를 펼쳐서 대략적인 길을 파악해뒀다. 차도가 아니라 주택가를 지나갈 계획이다.

　자전거 바구니에 물통을 넣고, 선글라스를 쓰고 자, 출발.

　선글라스. 잘나가는 사람만 써야 한다고 생각했었다. 그래서 쓸 생각조차 안 해봤다.

　하지만 자외선으로부터 눈을 보호하는 게 중요하다고 한다. 선글라스를 사서 써봤더니 편안해서, 잘나가지 않는 나지만 개의치 않고 쓰기로 했다.

　화창한 오후.

　기분 좋은 가을바람을 맞으며 영차영차 자전거 페달을 밟았다.

가을이라고 해도 볕은 여전히 강하다. 선글라스가 제 역할을 해서 기뻤다.

가다 보니 신사가 나왔다.

"이런 곳에 신사가 있네?"

매년 여름 축제나 가을 축제가 열릴까?

언젠가 이 신사의 축제에 와보고 싶다.

축제 때 서는 야시장은 즐겁다. 어른이 되어도 즐겁다. 다코야키, 야키소바, 베이비 카스텔라. 우물우물 먹고 돌아다니면서 사람들이 먹는 모습을 구경하는 것도 즐겁다. 젊은 사람들은 소고기 꼬치나 치킨 스테이크를 먹고, 아이들은 초코바나나.

그러고 보니 노점에서 초코바나나를 사 먹은 기억이 없다.

"바나나에 초콜릿을 씌웠을 뿐이야."

부모님이 이렇게 구워삶아서 못 먹었다.

자전거로 상점가에 도착할 즈음에는 노점을 즐길 기분이 한껏 올라와 있었다.

다코야키 가게 앞에 자전거를 세우고, 선글라스를 벗고 주문. 뜨거울 때 먹고 싶어서 곧장 집으로 돌아왔다.

소스와 파래의 구수한 향. 빌려 온 영화를 보며 무알코올 맥주와 함께 다코야키를 먹었다. 저렴하게 얻은 행복을 곱씹었다.

막막해지기 전에

아아, 내키지 않는다. 그런 일이 있었다.

마음이 바짝 졸아붙을 것 같아 잠깐 산책하러 나섰다.

사람에 따라서는 사소한 일. 그런 건 아무래도 좋아, 전혀 신경 안 써, 이런 사람도 있으리라.

그러나 내게는 어떻게든 해결하고 싶은 문제였다.

어떻게 하지.

생각하며 대로를 계속 걸었다.

내 상식과 세상의 상식이 같을 수는 없다. 사람은 저마다의 상식을 믿고 살아간다. 그런 타인의 상식 범위 안으로 파고드는 것은 정말이지 내키지 않는 일이다.

내가 이 문제를 해결하기 위해 행동한다고 쳐보자. 만약을 대비해 최악의 패턴을 생각해봤다.

(1) 다툰다.

이어서 그나마 나은 패턴을 생각해본다.

(2) 해결은 되지만 어색해진다.

(3) 개선되지만 근본적으로는 해결되지 않는다.

이상 세 가지.

이것 외에는 더 없는 것 같다.

"말해줘서 기쁘다, 정말 고마워!"

이런 심리, 나를 포함한 대부분의 인간에게 생길 리 없다. 누구나 자기 상식이 중요하다.

반대로 아무런 행동도 안 했을 때의 내 마음을 상상해봤다.

(4) 체념하지 못한다.

(5) 시간이 지날수록 아무려면 어때 싶어진다.

아마도 이 두 가지.

한숨을 연발하며 산책로를 걷는데, 담 위의 삼색 고양이와 눈이 마주쳤다.

"야옹."

말을 걸자 "야옹" 하고 대답해줬다.

고양이도 가지가지지만 인간도 가지가지다.

과연 결과는 몇 번일까?

다투거나 어색해지는 건 피하고 싶지만, 그 사람의 본모습을 알 수 있다는 이점도 있다.

그렇다면 어떻게든 2번 정도로…….

그 후. 상상과 전혀 다르게 일이 전개됐다.

(6) 자연스럽게 해결되었다.

마스크와 미용실

　머리를 자르러 갔다. 코로나 유행 중이어서 미용실은 9개월 만이다. 산책 도중에 발견하고 느낌이 괜찮아 보여서 기억해둔 미용실이다.

　전화를 걸었더니 남자 직원이 받았다.

　"커트하고 싶은데요. 오늘 빈 시간이 있을까요?"

　"음, 2시 어떠세요?"

　빨리 끝내고 싶어서 샴푸는 안 해도 되는지 확인했다. 괜찮다고 한다. "그럼 조금 후에 갈게요" 하고 전화를 끊었다.

　미용실 손님은 두 가지 유형으로 나뉜다. 자기가 원하는 헤어스타일 사진을 가지고 가는 쪽과 그렇지 않은 쪽. 나는 가지고 가지 않는 쪽이다.

　그렇지만 어쩔까나. 지금은 마스크 시대 아닌가. 내 얼굴 대부분은 가려져 있다. 처음 가는 미용실이라 원래 내 얼굴도 알 리 없으니, 모델 사진을 보여주고 이런 느낌으로 해달라고 부탁하기 편한 상황이다.

좋아, 오늘은 사진을 가지고 가보자. 스마트폰으로 최신 헤어스타일을 검색한 다음 알아보기 쉽게 출력한 후 미용실로 향했다.

전화를 받은 남자가 커트해주는 것 같았다. 안내받은 자리에 앉았다.

"오늘은 어떤⋯⋯."

질문과 동시에 사진을 내민 나. 두근두근 조마조마. 진정해, 진정하라고.

"알겠습니다."

그가 고개를 끄덕이고, 거울 앞 선반에 사진을 펼쳐놓은 채 커트를 시작했다. 내가 이 헤어스타일로 하고 싶어 한다는 게 널리 공개되는 상황. 평상시 같으면 지옥이겠지만 그래도 괜찮다, 내게는 마스크가 있다. 다른 손님에게 "저 모델이랑 얼굴이 다르잖아"라는 비웃음을 살 일도 없다.

도중에 "마스크 한번 벗어보시겠어요? 길이를 확인하고 싶어서요"라고 했을 때는 "길이가 안 맞아도 괜찮아요"라는 말로 위기 극복.

머리를 감지 않으니까 금방 끝났다. 생각한 것과는 조금 달랐지만 애초에 모질이 다르니까 괜찮다고 치자.

그리고 생각했다. 역시 프로에게 잘라달라고 하는 게 좋구
나. 사각사각 기분 좋은 가위질 소리가 귓가에 남았다.

책의 용어

　책 관련 용어를 도무지 기억하지 못해서 업무 미팅 중에 '어? 문고본이 작은 쪽이었던가?'라는 생각을 하다가 회의가 다 끝난 적도 있다.

　이제는 안다.

　단행본이 큰 쪽이고 문고본이 작은 쪽이다.

　문고본도 출판사에 따라 차이가 있다. 겐토샤문고는 다른 출판사보다 폭이 약간 좁고 손바닥에 쏙 들어오는 게 특징이다. 바지 뒷주머니에 쏙 들어가서 가방 없이 산책하러 나갔다가 공원 벤치에서 잠깐 읽다 오고 싶을 때 안성맞춤이다.

　신초문고에는 가름끈이 있다. 업계에서는 이걸 '스핀'이라고 부른다고 한다.

　예전에 미팅하다가 편집자가 "저는 신초문고의 스핀이 좋더라고요"라고 말해서, '어라? 다른 출판사 문고본에는 없었나?' 하고 집 책장을 확인했더니 스핀이 있는 건 신초문고뿐이었다. 몇 번이나 반복해서 읽은 무라오카 하나코 씨가 번역한 『빨간 머리 앤』의 스핀 끝은 먼지떨이처럼 북슬북슬해져 있었다.

고단샤문고 관련해서는 놀란 적이 있다. 처음 내 책이 고단샤문고로 나왔던 때의 일이다.

편집자가 전화로 "마스다 씨, 책등은 무슨 색으로 할까요?"라고 물어서 놀랐다.

문고본의 책등 색깔에 주목한 적은 단 한 번도 없었다. 작가가 색상을 선택해도 되나 보다.

"잠깐 시간을 좀 주세요."

나는 자전거를 타고 서점으로 달려갔다.

진짜다. 색이 다양하다. 고단샤문고 서가 앞에 팔짱을 끼고 섰다. 모처럼이니까(뭐가?) 무라카미 하루키 씨와 같은 색으로 하자!

"노란색으로 해주세요"라고 메일을 보냈다.

옛 사랑

　연말. 날이 좋아서 공원에서 점심을 먹기로 했다. 보온병에 뜨거운 커피를 담아 자전거를 타고 달렸다.

　가다가 빵집에 들러 참치 샌드위치와 단팥빵을 샀다. 내게는 최고의 조합이다. 이제 볕이 잘 드는 벤치만 찾으면 된다.

　공원에 들어섰다. 햇빛이 쏟아지는 벤치. 자전거를 세우고 런치 타임.

　우선 따뜻한 커피. 맛있다, 밖에서 마시는 커피.

　입 밖으로 소리 내 말하지 않고 속으로 조용히 만족했다. 학생들이 운동장에서 축구 시합을 하는 모습이 보였다. 뭔가 음악을 듣자. 잠깐 고민하다가 스피츠의 노래를 골랐다. 이어폰을 귀에 꽂으니 기분 좋은 멜로디가 흘러나온다. 눈앞의 세상이 조금 전보다 밝게 보인다.

　아름다운 러브송과 청량한 공기. 참치 샌드위치를 입에 물고 아무 생각 없이 학생들이 축구하는 모습을 구경하자니 옛 사랑이 떠올랐다.

오사카에서 회사원으로 일하던 시절. 데이트에 항상 지각 하는 연인이 있었다. 일이 바쁜 건 알겠는데 두세 시간이나 기다린 적도 있다. 한큐백화점이나 기노쿠니야서점 우메다 본점을 어슬렁거리다가 그곳이 문을 닫으면 카페에 들어갔 다. 마지막에는 분수대에 앉아 시간을 때우기도 했다. 지금은 없어졌지만, 예전에는 JR 오사카역 안에 분수대가 있었다.

스마트폰이 없던 시절이다. 그가 음성메시지 카드를 사줬 는데 그걸로 공중전화를 이용해 서로에게 메시지를 남길 수 있었다. '미안해! 조금만 더 기다려줘!' 다급하게 녹음한 목 소리를 듣고, 그만 돌아갈까 생각하면서도 역시 보고 싶었 다. 모처럼 꾸미고 왔으니까. 엄마한테는 이미 친구 집에서 자고 온다고 말해뒀고.

그렇게 스스로를 다독이며 기다렸던 씩씩한 나……는 지 금 공원 벤치에 앉아 단팥빵을 먹는다.

스피츠의 명곡에 마음이 들떠 기분 좋은 애틋함을 느끼며 돌아갈 준비를.

그러다가 문득 알아챘다. 축구 시합을 하는 사람들은 시니 어 축구팀이었다. 뛰어다니는 모습이 굉장히 활기찼다. 나는 아직도 한참 병아리다.

운동화 블루스

2021년

세탁소 앞을 지나가다가 '운동화 500엔'이라고 써 붙인 종이를 보고 놀랐다. 운동화를 세탁소에 맡길 수 있는 줄은 몰랐다.

한번 해보고 싶다는 생각과 함께 왠지 모르게 켕기는 마음이 들었다. 이게 어디서 오는 켕김인지는 짐작이 간다.

거슬러 올라가 초등학생 시절.

"실내화쯤은 직접 빨아야지."

엄마가 아무리 말해도 나는 건성으로 대답했다. 도무지 안 하니까 결국에는 말하다 지쳐서 엄마가 빨아주곤 했다.

한겨울의 추운 베란다. 양동이에 물을 받아 내 실내화를 쓱싹쓱싹 빠는 엄마. 보고도 못 본 척한 6년. 나는 단 한 번이라도 고맙다는 말을 했던가.

어른이 돼서도 나는 여전히 운동화 빨기가 귀찮다. 애용하는 흰색 컨버스도 더러워지면 잘 안 신게 되는데, 그렇다고 버릴 수는 없으니까 마지못해 빨긴 하지만 칫솔에 비누를 묻혀 사사샥. 그 정도로 하얘질 리 없다.

마침내 그날.

나는 운동화를 봉투에 담아 세탁소로 가져갔다.

며칠 후, 세탁소 안쪽에서 나온 내 운동화는 새하얬다.

"오오, 새것 같아!"

나도 모르게 외쳤다. 기쁘다, 기쁘다. 유난히 기뻐하는 나를 보고 '그렇게까지 하얀가?' 하는 표정으로 점원이 당황한 표정을 지었다.

부모가 되지 않은 나는 내 아이의 실내화나 운동화를 빨 일도 없고, 아마 앞으로는 내 운동화도 세탁소에 맡길 테지.

깨끗해진 컨버스를 신고 산책하러 나갔다.

어라? 조금 작아졌나?

뻣뻣해서 착화감이 별로다. 조금 걷다 보니 익숙해졌다. 조금 줄어도 어쩔 수 없는 일이고, 여차하면 세탁할 때를 고려해 다음부터는 한 사이즈 큰 걸 사야겠다.

집에 돌아와 운동화를 벗는데, 안에서 뭐가 툭 나왔다. 신발 형태를 잡아주는 종이였다. 이런 걸 넣고 걸었으니 답답한 게 당연하잖아. 현관에서 하하하 웃었다.

세 개의 소포

코로나 생활도 1년이 지났다. 택배가 왔다며 초인종이 울리고, 소포 세 개가 도착했다. 먼저 냉장 보관이 필요한 차가운 상자. 안에서 작은 홀 케이크가 나왔다. 친구가 보내준 생일 케이크다. 예상치 못한 선물에 놀랐다.

"오늘 밤에 먹어야지!"

서둘러 냉장고에.

다음 상자는 여동생에게서. 매년 생일이면 맛있는 초콜릿을 보내준다. 올해도 당연히 초콜릿이었다. 오늘은 마침 날씨가 좋다. 따뜻한 커피를 보온병에 담아 공원 벤치에 가서 먹어야지.

나는 1월 말, 겨울에 태어났다. 만약 내가 봄에 태어났다면 좀 다른 인생을 살지 않았을까 생각한 적이 있다. 예를 들어 리더십을 발휘하는 인생이라든지? 생각해보면 리더와는 인

연이 없는 인생이다.

　세 번째 소포는 엄마가 보냈다. 고급 나이트크림이 들어
있었다.

　"부자가 된 기분이 들 거야, 후후후."

　동봉된 편지에 적혀 있었다.

박력분으로 만들다

    제빵기로 식빵을 구웠다. 뚜껑을 열어보니 절반 정도만 부풀었다.

    왜지? 사용한 밀가루를 보고 놀랐다. 강력분이 아니라 박력분을 샀다. 그것도 세 봉지나. 예전에 인터넷 쇼핑으로 감자전분을 실수로 열 봉지나 주문한 탓에 찬장 안은 이미 가루로 꽉 찼다. 새로 강력분을 사기도 좀 그렇다. 우선 박력분을 다 쓰는 게 먼저다.

    중학교 가정 수업 때 우동을 직접 만든 적이 있다. 가정 수업인데 모두 체육복을 입고, 비닐봉지에 든 우동 반죽을 꽉꽉 밟았다. 교실이 뭐라 말할 수 없는 느긋한 분위기에 휩싸였다. 우동. 박력분으로 만들지 못할 건 없지만, 우동도 그럭저럭 저장해둔 게 많다.

    인터넷으로 검색해보니 박력분으로 만드는 토르티야라는

게 있었다. 이거다! 곧바로 박력분에 물, 올리브오일, 소금을 넣고 잘 반죽하고 한 시간쯤 가만히 뒀다. 그걸 소분해서 둥글고 납작하게. 이제 프라이팬에 기름을 두르고 한 장 한 장 구우면 된다. 다진 고기와 토마토를 볶아 만든 매콤한 소스를 얹고 말아서 먹으면 되잖아, 토르티야!

내가 만든 요리가 지겨워지는 날이 있다. 맛있는 타이완 요리를 먹으러 가고 싶다. 볶음 쌀국수 비훈, 돼지고기 덮밥 루러우판, 무말랭이가 들어간 달걀말이. 작은 테이블에 다 올리지 못할 정도로 많은 요리. 친구들과 옹기종기 모여 앉아 식사할 수 있는 날은 언제 올까.

예전에 여자 셋이서 타이완에 여행을 갔었다. 코로나가 기승을 부리기 겨우 몇 달 전이었다. 셋이지만 다들 일이 있어서 오가는 비행기는 제각각. 숙소도 따로따로. 관광도 알아서. 예약한 레스토랑에서 만나 저녁만 같이 먹었다.

저녁을 먹고 카페에 가서 타이완 커피를 마셨다.

"내일은 어디 가?"

"나는 박물관."

"나는 먹고 싶은 채소만두가 있어서 아침 안 먹고 가보려고."(← 나)

자유롭고 유쾌한 어른의 여행이었다.

맛있었던 채소만두. 박력분으로 만들 수 있을까?

마지막 선물

　아버지는 책을 좋아했다. 어렸을 때 아버지에게 "아빠도 책을 쓰면 좋겠다"라고 말한 적이 있다.

　아버지는 잠깐 생각하고 대답했다.

　"그건 또 다르지."

　어쩌면 써보려고 했었을지도 모른다.

　내가 아버지에게 마지막으로 선물한 것은 야마사키 도요코 씨의 『본치』라는 책이었다. 입원 중에 아버지가 "한 번 더 읽고 싶네"라고 말했다는 소릴 엄마에게 전해 듣고, 내 책장에 있던 문고본을 급하게 보냈다. 며칠 후 병원에 갔을 때 재미있었다는 말과 함께 책을 돌려주셨는데, 이제는 아버지가 이걸 다시 읽을 일이 없겠다고 생각하자 가슴이 먹먹해졌다. 화나는 부분도 많았던 아버지지만, 야마사키 도요코 씨를 좋아하는 아버지는 이해할 수 있었다.

감자샐러드 먹고 싶어!

    감자샐러드는 고기 감자조림보다 만들기가 세 배는 더 번거롭다. 감자를 삶아 으깨고 식힌다. 양파와 오이를 다진다. 과정이 많으면 설거짓거리도 늘어난다. 그런 주제에 메인 요리가 되진 못해 손이 많이 가는데도 조연에 불과하다.

    감자샐러드가 너무너무 먹고 싶어!

    이럴 때만 만들 생각이 드는데, 그게 오늘이었다. 감자샐러드가 미친 듯이 먹고 싶었다.

    그런 이유로 아까 감자를 삶아서 식히는 중이다. 소시지가 있어서 그것도 구워서 식히고 있다. 이 시점에서 이미 냄비와 소쿠리와 슬라이서와 프라이팬이 설거짓거리로 발생했으니, 준비 과정에서 설거지할 게 많이 나오면 조금 손해를 보는 기분이다.

    상경하자마자 살았던 맨션 근처에 감자샐러드 빵을 파는

빵집이 있었다. 조금 달짝지근한 빵에 감자샐러드가 끼워져 있었는데, 기억하기로는 하나에 130엔이었다. 낮에 일어나 샌들을 신고 사러 갔다. 도중에 파친코에 들르기도 했다. 벌써 몇 년은 파친코를 안 하고 있는데, 그때는 종종 혼자 하러 갔다.

작은 회전의자.

튕긴 구슬이 막 내리기 시작한 비처럼 툭툭 떨어진다.

혼자 멍하니 기계 앞에 앉아 있는 걸 좋아했다. 잭팟이 터지면 구슬이 상자에 쌓이는데, 넘치지 않도록 봉긋한 산을 왼손으로 누르며 계속했다. 꽉 차면 점원에게 신호를 보냈다. 새로운 상자와 교환할 때, 손님과 점원 사이에서 이루어지는 무언의 팀플레이.

좋아하는 파친코 기계가 있었다. 아줌마와 고양이가 나오는 기계다. 잭팟이 터지면 아줌마 옆에서 자고 있던 고양이가 일어나 춤을 춘다.

슬슬 감자가 다 식었으려나. 마요네즈, 홀머스터드, 요거트와 섞어서 냉장고에 넣었다.

감자샐러드 빵을 팔던 가게는 문을 닫았고, 아줌마와 고양이 파친코 기계도 이제 없겠지.

아니, 낡은 파친코 기계는 어쩌면 어느 온천 여관의 게임 코너에 놓여 있을지도 모른다. 유카타 차림으로 재회하고 싶다.

마리토쪼

전기자전거를 타고 '마리토쪼'를 사러 간다. 이탈리아의 디저트다.

유행 중이라 비교적 쉽게 구할 수 있지만, 내 인생 첫 마리토쪼인 만큼 신중하게 고르고 싶었다.

최초의 마리토쪼, 어느 가게에서 살까?

고민하다가 시간이 훌쩍 지났다. 이러다가는 유행이 한풀 꺾일지도 모른다. 알아본 끝에 조금 멀리 있는 유명 케이크 가게로 정했다. 저녁에는 매진될지도 모르니까 뙤약볕 아래, 물병을 들고 나섰다.

있다. 마리토쪼.

자, 주문해야지. 머릿속으로 몇 번이나 외워둔 마리토쪼. 아니, 그런데 발음이 영 쉽지 않다. 나 혼자 잘못 알고 있었을 가능성도 있다. 혹시 이름이 '마릿쪼'라거나 하면 부끄러우니까 혹시나 하는 마음에 진열장의 글자를 확인했다.

마·리·토·쪼.

그래, 틀림없다.

"저기, 마리토쪼 주세요."

귀가 후, 커피와 함께 드디어 염원하던 첫 마리토쪼를 먹는다.

그래도 브리오슈라는 빵에 생크림을 가득 넣은 디저트니까 맛은 상상이 간다.

먹었다. 맛있다.

아는 맛인 그대로 맛있다.

원래 나는 브리오슈처럼 퍼석퍼석한 빵을 좋아한다.

빵뿐 아니라 사과도 퍼석퍼석한 걸 좋아해서 엄마가 "특이하네~" 하고 어이없어했다.

아무튼 마리토쪼. 그 후에 다른 가게에서도 사 먹어봤는데 전부 맛있었고, 조금 작은 걸 파는 빵집이 있어서 몇 개를 한꺼번에 사서 냉동해뒀다.

저녁을 준비할 때, 냉동실을 열면 힐끔 보이는 마리토쪼. 그 곁에는 냉동 시나몬 롤, 냉동 카늘레, 냉동 앙버터 빵. 마리토쪼를 사는 김에 이것저것 사다 보니 우리 집 냉동실은 디저트로 꽉꽉. 숨 막히는 일상의 아주 자그마한 오아시스였다.

딴 길로 새는 멍멍이

개의 종류를 모르겠다.

커서 귀여워, 중간 크기라 귀여워, 작아서 귀여워, 너무 작아서 귀여워. 대충 이런 느낌으로 걸어오는 개 옆을 지나간다.

아파트 단지에서 태어나고 자라서 주변에 개를 키우는 집이 거의 없었다. 익숙하지 않은 건 그 때문일 수도 있고 어쩌면 단순히 기억할 마음이 없는 걸 수도 있다.

해 질 무렵, 운동 겸 동네를 걸으면 개와 산책을 나온 사람들과 자주 마주친다.

견종을 몰라도 어느 개나 제각각 귀엽다.

주인과 나란히 걷는 멍멍이, 유난히 앞서서 가는 멍멍이, 여기저기 딴 길로 새는 멍멍이.

선거 직전, 벽에 붙은 입후보자 포스터를 올려다보는 중간 크기의 멍멍이도 있었다.

"누굴 뽑을까나."

마치 투표하러 가는 것처럼 진지한 얼굴.

"이제 만족했어? 가자."

개 주인이 황당한 듯 웃었다.

가끔 큰 개와 작은 개가 마주치는 장면에서는 긴장이 된다.

어떻게 되려나?

가까워지는 그들을 조마조마하게 지켜본다.

개 주인들은 익숙한 듯이 리드줄 길이를 조정하고, 개들은 저게 뭘 하는 걸까, 엉덩이 냄새를 맡는 건가. 아무튼 화기애애하다.

"아이고, 고마웠어요~."

이렇게 헤어진다.

"지금 몇 살이에요?"

가끔 개를 두고 대화를 시작하는 걸 보면 좋은 일이라고 생각하면서도 조금은 마음이 술렁거린다.

만약 내가 개를 키운다고 해보자. 같이 산책하러 나온다고 해보자. 앞에서 개와 함께 산책을 나온 사람이 다가온다고 해보자.

"어울리는 거 귀찮다."

이렇게 생각하는 건 역시 비상식적일까……. 개를 키울 계획도 없으면서 걱정하는 나다.

그래도 다른 집 개가 산책하는 모습을 보면 즐겁다. 가끔 신발 같은 걸 신은 멋쟁이 개도 보인다.

제일 좋아하는 건 개 주인이 개에게 말을 걸며 걷는 모습.

저렇게 다정하게 말을 걸면 얼마나 행복할까.

나까지 왠지 모르게 행복해진다.

막대 불꽃

불꽃놀이가 하고 싶다.

마지막으로 불꽃놀이를 한 게 언제더라?

생각나지 않을 정도로 불꽃놀이를 한참이나 안 했다는 사실이 슬프다.

어렸을 때는 용수로의 작은 다리 위에서 불꽃놀이를 했다.

물을 채운 양동이, 양초, 성냥, 불꽃놀이 패밀리세트.

어떤 불꽃부터 터뜨릴까, 잔뜩 들떠서 밤길을 걸었다. 세트 안에는 딱 하나뿐인 불꽃도 있어서, 당연히 여동생과 그걸 두고 다퉜다.

양초를 콘크리트 위에 세우는 건 어른의 몫이다. 처음에 촛농을 조금 흘리고 그 위에 양초를 똑바로 세운 뒤 단단히 고정한다. 가스 점화기 같은 건 따로 없었다.

슈륵슈륵 터지는 불꽃, 펑펑 터지는 불꽃. 좌우 양손에 하나씩 들고 서로 다른 불꽃을 합체시키는 것도 재미있었다.

목욕탕에 다녀온 동네 아줌마가 "어머, 좋겠네"라며 한동안 불꽃놀이를 구경했다. 거기에 아이들이 있으면 같이 어울려 놀았다.

아이들에게 인기였던 뱀 불꽃. 불씨 잔해가 꼬불꼬불하게 뻗어 나가는 걸 보고 대폭소했다.

"불꽃이 이상해."

부모님이 어이없어하는 모습을 보니 더욱 웃음이 터져 나왔다.

불꽃놀이의 최고 볼거리는 '드래곤'이었다. 유성매직 상자처럼 생긴 불꽃인데, 내려놓고 불을 붙이면 하늘을 향해 하얀 불꽃이 피어오른다.

"와아~ 예쁘다~."

감탄사를 마칠 즈음이면 드래곤이 벌써 기운을 잃어 매번 너무 짧다고 생각했는데, 이듬해 여름이면 잊어버리고 매번 똑같이 아쉬워한다.

마지막은 당연히 손에 드는 막대 불꽃이다. 누구 것이 제일 오래가는지 경쟁하면 자, 어느새 끝. 불 처리까지 확실히 하면 마무리. 집으로 돌아오면 형광등 불빛이 눈부셨다.

불꽃놀이가 하고 싶네.

그러나 도쿄 주택가에서는 불꽃놀이를 할 수 있는 곳을 찾을 수 없었고, 그러고 보니 상경한 지 그럭저럭 25년이 됐는데 동네에서 불꽃놀이를 하는 아이를 한 번도 본 적 없다. 다들 어디에서 하는 걸까?

올해 여름도 코로나 유행 중이어서 역시나 본가에 돌아가지 못한다. 내년에는 다 같이 불꽃놀이를 해볼까. 오사카와 도쿄는 막대 불꽃의 생김새가 전혀 다르다. 선물로 가져가면 틀림없이 깜짝 놀라겠지.

무리하지 않는 어른

어른이 될수록 자기 자신을 알게 된다. 나 역시 많은 것을 알게 됐다.

예전에 업무 미팅을 하며 잡담을 나누다가 상대방이 "마스다 씨, 저는 죽는 한이 있어도 다케노코입니다"라고 진지하게 말해서 나도 "동감입니다" 하고 진지하게 고개를 끄덕였다. 메이지 제과에서 나오는 과자 '다케노코노사토'와 '기노코노야마' 이야기다.

으깬 팥보다는 통팥. 단단한 두부보다는 연두부. 등심보다는 안심. 삶은 달걀보다는 달걀프라이. 달걀프라이보다는 계란말이. 낫토는 히키와리(잘게 빻은 콩으로 만든 낫토).

알게 된 내 모습에는 먹을 것과 관련된 것이 많지만, 그 외에도 나에 대해 어느 정도 알게 된 면이 있다.

나는 무리하고 싶지 않은 어른이었다.

무리하고 싶지 않은 것과 노력하지 않는 것은 조금 다르다. 노력하지 않으면 할 수 없는 일도 있고, 노력하는 것은 때때로 즐겁다. 그러나 무리하는 건 괴롭다. 무리하는 건 언제나 즐겁지 않다.

무리를 한다는 건, 수면 시간을 줄이거나 식사 시간을 줄이는 것뿐만이 아니다. 산책 시간을 줄이거나 혹은 멍하니 있는 시간을 줄이는 것 또한 '무리'다.

어느 정도는 무리해도 되잖아.

이렇게 생각하는 건 내가 아니라 타인이었다.

내가 장본인이니까 '어느 정도는 무리해도'라고 생각할 수 있는 입장이 아니다.

나는 지금 여기 한 명뿐이다. 지구와 비슷한 별에 나와 쌍을 이루는 생물이 있다 해도 그건 내가 아니니까 나는 지구에 있는 이 나를 소중하게 여겨야 한다. 괴로운 경험을 두루두루 하면서 이런 것을 조금씩 알게 됐다.

다만, 최근 들어 새로 알게 된 것도 있다.

'기노코노야마'에 눈을 떴다. 영원히 '다케노코노사토'일 거라고 믿었다. 그런데 최근 들어 '기노코노야마'도 사 먹는다. 얼려서 먹는데 정말 맛있다. 아무래도 나라는 존재에겐 아직도 수수께끼가 남았나 보다.

전부 싫어진 밤

　목욕을 마친 후.

　왠지 모르겠는데, 전부 다 싫어졌어!

　이렇게 크게 소리치고 싶었다.

　코로나, 코로나로 인한 외출 자제 생활. 어디에도 못 가잖아. 부모님도 친구도 만날 수 없다. 참았던 것이 한 방울 두 방울씩 한 잔을 가득 채웠는지, 그날 밤 마지막 한 방울이 된 '목욕수건' 때문에 넘치고 말았다.

　목욕수건이 뻣뻣해!

　많은 것을 참았다. 견뎠다. 그런데 목욕수건까지 나를 힘들게 한다. 대체 왜 이래, 목욕수건. 왜 이렇게 뻣뻣한 건데? (오래 썼으니까.) 이 녀석아, 이 녀석아. 날 조금 더 부드럽게 대해줘도 되잖아. 나는 뻣뻣한 목욕수건을 머리에 두른 채 스마트폰을 움켜쥐었다.

'엄청나게 부들부들한 최고의 목욕수건!'

검색해서 나온 목욕수건을 세 장 주문했다. 조금은 마음이 진정됐다.

아직 쓸 수 있는데 버리면 아까우니까, 감촉이 나빠졌다고 생각하면서도 계속 썼다.

그러고 보니 본가도 물건을 오래 쓰는 편이다. 예전에 본가에서 카레를 먹는데 숟가락 자루가 조금 구부러진 것을 발견했다.

"이거 혹시……."

맞다, 어렸을 때 내가 구부린 숟가락이었다.

텔레비전에서 초능력자가 숟가락을 구부렸다. 흉내 내봤더니 조금 휘어졌다.

"너는 힘으로 한 거고."

아버지가 껄껄 웃던 그날 그 숟가락이 아직 건재했다.

구부러진 채 40년 하고도 몇 년. 아이고, 참 이렇게까지. 감탄하면서 펴보려고 했는데 어째서인지 꿈쩍도 하지 않았다.

뭐, 이렇게 물건을 오래 쓰는 집에서 자랐으니 마지막 한 방울인 뻣뻣한 목욕수건은 가위로 잘라 프라이팬 기름을 닦는 용도로.

얼마 지나지 않아 새 목욕수건이 도착했다. 평소에는 하얀

색을 쓰는데 기분 전환으로 연한 라벤더색이다.

목욕을 마친 뒤, 부들부들한 최고의 목욕수건. 부들부들한
수건은 내게 참 다정했다.

최근 즐거웠던 일

최근 즐거웠던 일 ①

산책 도중, 창 너머로 고양이가 보였다. 고양이는 창문에 얼굴을 바짝 붙이고 있었다. 하지만 불투명 유리여서 이쪽에서는 간신히 흑백 무늬 고양이라는 걸 아는 정도. 고양이는 보이지도 않을 경치를 구경하고 있었다. 흐릿한 고양이를 지켜봤더니 즐거워졌다.

최근 즐거웠던 일 ②

백신 2차 접종을 마치고 돌아오는데 폭우가 쏟아졌다. 옆으로 들이치는 빗속에서 까마귀 두 마리가 빨랫줄에 앉아 사이좋게 비를 피하는 모습을 발견했다.

"비가 오네요."

"많이도 오네요."

느긋하게 수다를 떠는 것 같아서 즐거워졌다.

최근 즐거웠던 일 ③

눈을 떴더니 하늘이 화창하게 푸르러서, 휴일에는 작업실에 들어가지 말자는 주의지만 이렇게 날이 좋을 때 해치워버리자 생각하고 만화를 완성했다. 코로나 상황을 반영한 신작만화다. 제목은『미우라 씨의 친구』. 완성했더니 기분이 그저 즐거웠다.

최근 즐거웠던 일 ④

집 근처에 마치 사극에 나오는 것 같은 일본 가옥이 있다. 어떤 사람이 살고 있을까? 사무라이일까?

지나갈 때마다 궁금했는데 마침내 그 집에 사는 사람이 나오는 순간과 맞닥뜨렸다. 선글라스를 쓰고 기타 케이스를 멘 로커 같은 남자였다. 전혀 일본풍이 아니었다. 즐거웠다.

최근 즐거웠던 일 ⑤

음력 8월 15일, 한가위 보름달을 베란다에서 봤다. 아웃도어용 의자와 테이블을 꺼내고 과자와 무알코올 맥주도 준비했다. 좁은 베란다가 꽉 찼지만 벌레 우는 소리도 들려서 즐거웠다. 예전에 어른들이 달에 토끼가 산다면서 "저거 보렴, 저게 귀고~" 하고 알려줄 때마다 그렇게 큰 토끼는 없다고 생각했었다.

최근 즐거웠던 일 ⑥

해 질 무렵, 길고양이가 어떤 집 문을 지나 안으로 들어가는 모습을 봤다. 현관의 방범등이 번쩍 들어와서, 고양이에게도 센서가 반응하는구나 싶어 즐거워졌다.

최강의 조언

일정 요금을 내면 인터넷으로 화제의 영화와 드라마를 마음껏 볼 수 있다! 이런 광고를 텔레비전에서 봐서 알고는 있었다.

아마존 프라임?

넷플릭스?

저게 뭘까~. 나는 저런 것의 원리를 도무지 모르겠다. 알아보려고 고생고생하느니 건드리지 않는 편이 좋다고 생각했는데, 어느 날 '조금 고생고생을 해볼까?' 하고 무거운 엉덩이를 들었다.

모르는 것은 우선 남에게 묻는 것부터 시작해야 한다.

동영상 스트리밍 서비스를 이용해 영화와 드라마를 텔레비전, 스마트폰, 컴퓨터, 이 세 가지로 볼 수 있게 하고 싶다.

"조언을 부탁합니다."

세 사람에게 메시지를 보내 물어보기로. 한 명은 자세하게 순서를 알려줄 것 같은 사람. 한 명은 젊고 자기 힘으로 뭐든지 잘할 것 같은 사람. 한 명은 나와 나이가 비슷한 사람. 다양한 관점에서의 조언을 받고 그 모든 것을 종합하면, 아무리 나라도 이해할 수 있지 않을까? 이렇게 생각한 것이다.

자세하게 순서를 알려줄 것 같은 사람은 번호를 매겨 조목조목 알려줬다. 혼자서 뭐든 잘할 것 같은 사람은 자기 힘으로 열심히 한 경위를 알기 쉽게 말해줬다. 나이가 비슷한 사람의 조언이 가장 강력했다.

"고객센터 사람이 친절했어요~."

전화로 문의하면 된다는 것이다.

그렇게 해서 동영상 스트리밍 서비스를 계약부터 로그인까지 해냈다.

소파에서 뒹굴며 스마트폰으로 영화를 보는 날이 올 줄이야. 주변에는 이미 오래전에 와 있었던 듯한데, 우리 집에도 미래가 찾아왔다.

최애를 원해

    프로 야구는 잘 모른다. 센트럴 리그와 퍼시픽 리그가 있다는 건 안다. 구단명을 전부 말할 수 있을지는 살짝 미묘하다.

    아버지는 한신의 어마어마한 팬이었다. 그 한신이 올해는 우승할지도 모른다고 엄마가 전화로 알려줬다.

    "아버지가 살아 계셨으면 기뻐하셨겠다."

    이런 말을 했는데, 조금 전 텔레비전 속보로 야쿠르트 우승이라는 자막이 떴다.

    야구는 잘 모르지만 예전에 1년간 야쿠르트 팬클럽에 가입했었다.

    여름에 다 같이 야구 보러 가자!

    친구들과 함께 가입했다.

    팬클럽은 혜택이 많았다. 진구 야구장에서 시합을 볼 수 있었고, 구단 굿즈도 다양하게 받았다. 개인적으로 '작은 우산'도 추가로 샀다. 득점했을 때나 도쿄온도(일본의 민요 온도의 멜로디를 활용한 노래로 야쿠르트 스왈로스 등 도쿄가 홈인 스포츠 구단들이 응원가로 쓴다)를 부를 때 필요한 응원 용품이다.

소리 높여 선수를 응원하는 것은 즐거웠다.

아니, 제일 즐거웠던 건 선수를 응원하는 사람들을 보는 것이었을지도 모르겠다.

팬 체질이 아닌 나 자신에게 약간의 쓸쓸함을 느꼈다.

'최애'도 없다. 뭘 수집하지도 않는다. 그러니 컬렉션이 없다. 나는 오로지 나에게만 흥미가 있는 인간인가?

그렇게 생각하니 쓸쓸하고, 그래서인지 뭔가에 푹 빠진 사람에게서 찬란함을 느낀다. 나는 야쿠르트 팬클럽에 들어가서 야쿠르트 팬을 눈부시게 바라봤다.

고등학교에 다닐 때, 한신 타이거스가 우승한 적이 있다. 1985년이다.

우승이 결정된 날, 아버지는 "고마워라"라고 말하며 울었다. 그러더니 엄마와 나와 여동생에게 만 엔짜리 지폐를 나눠줬다.

어떤 관점에서 하는 감사일까?

알 수 없다고 생각했다.

그래도 자기와 관련 없는 일에 울 정도로 기뻐하는 아버지가 부러웠다. 우승 다음 날, 한신 타이거스의 핫피(일본 전통 의

상 중 하나로 옷 위에 걸쳐 입는다)를 입고 등교한 남학생이 있었다.

　야구는 지금도 잘 모르겠다. 응원하는 사람들은 여전히 동경한다.

기다리는 즐거움

　피크닉을 하러 가자고 친구가 메시지를 보내왔다. 코로나 감염자 수가 전국적으로 많이 줄어든 가을이었다.

　응, 하러 가자, 반드시 하자, 어쩜 좋아, 너무 즐겁구나. 머릿속으로 노래를 흥얼거릴 정도로 기대에 부풀었다. 모이기로 한 사람은 네 명. 결행하는 날까지 2주 남았다. 너무 길어. 당장 내일 가고 싶은 마음이다.

　그러나 '기다리는 즐거움'이라는 것도 있다. 그걸 느끼면 되지 않나.

　그 후로, 밖에 나갈 때마다 피크닉용 '간식'을 생각했다.

　케이크 가게 앞을 지나친다. 멋진 간식이 있을지도 몰라. 당연히 들어갔다. 사과 컵케이크와 캐러멜 타르트 등을 네 개 샀다. 또 다른 케이크 가게가 있었다. 바움쿠헨을 네 개 샀다. 외국 과자를 파는 가게가 있었다. 신기한 게 있을 것 같다. 민트 초콜릿을 발견했다. 표기된 것을 보니 폴란드 것이다. 예전에 여행했던 나라의 과자 아닌가. 반가운 마음에 네 개 샀다. 피크닉 간식이 점점 늘어났다.

오랜만에 미술관을 찾았다. 쉰세 살부터 본격적으로 그림을 그리기 시작했다는 도모토 시스코 씨의 전시회. 일상생활 속에 있는 꽃, 새와 곤충, 키우는 고양이 미이가 거대한 캔버스에 자유롭게 그려져 있었다.

쉰 살이 넘어도 사람은 뭔가 시작할 수 있구나!

가슴이 뜨거워져서 기념품 가게에 들러서는, "간식은 뭐 없을까~" 하고 나는 여기에서도 간식을 찾는다.

의자도 샀다. 원래 캠핑용 의자가 두 개 있었지만, '모처럼이니까' 하며 추가로 샀다. 자, 와라, 피크닉. 준비는 완벽하다.

그러나 피크닉은 비 때문에 연기됐다. 다들 일정을 다시 맞춰보니 또다시 2주 후……. 그래도 괜찮다. 나는 완전히 '기다리는 즐거움'에 빠졌다.

인터넷으로 주문한 배드민턴 세트가 지금 막 도착했다. 달콤한 간식만 가득해서 전병도 샀다. 귤도 사둘 생각이다. 바움쿠헨은 소비기한이 금방이라 집에서 먹었다.

오랜만의 귀성

가을의 끝자락. 거의 2년 만에 고향을 찾았다. 도쿄에서도 하루 감염자 수가 연일 50명 이하로 떨어져서, 이대로 진정되면 좋겠다고 기대하면서도 연말연시에는 다시 확산될 거라는 소리가 들린 터라 이때다 싶어 신칸센을 탔다.

신칸센, 이렇게 흔들렸었나?

매달 귀성하던 시절에는 아무렇지 않았는데 너무 오랜만이라 멀미에 시달렸다. 책은 읽지 말고 자기로 했다.

"나 왔어요~."

본가 문을 연 순간, 감격해서 울지 않으려나 싶었는데 실제로는 평소와 다름없었다.

먼저 손을 꼼꼼히 씻었다. 입도 헹궜다. 세수도 했다. 옷도 갈아입었다. 코로나 대처 방식은 사람에 따라 차이가 있다. 더 조심스러워하는 쪽에 맞추는 것이 배려라고 생각하고, 엄마가 어느 정도 수준인지 아직 잘 모르니까 우선 할 수 있는 걸 전부 하고 거실로 갔다.

둘이서 커피와 케이크를 먹었다. 평소에는 식탁에 마주 보고 앉는데, 내가 잠깐 망설이다가 대각선 자리를 고르자 엄마 얼굴에 조금 안도하는 표정이 번졌다. 하긴 그렇지. 나는 신칸센을 타고 먼 길을 달려왔다. 그래서 밥 먹을 때 이외에는 나만 마스크를 쓰고 있기로 했다.

저녁밥. 소고기 아마카라니(설탕과 간장 양념으로 달콤하고 짭짤하게 만드는 조리법), 가지튀김, 조림, 샐러드, 밥. 익숙한 엄마의 요리. 대각선 앞에 앉은 내가 우물우물 먹는 걸 보며 엄마가 "기쁘다. 많이 먹어줘서 고맙네" 하고 들뜬 목소리로 말했다. 평소에도 일주일에 한두 번씩 스마트폰 영상 통화로 만나지만, 같은 공간에서 같이 식사하는 건 역시 다르다.

밥을 먹고 나는 얼른 마스크를 썼다. 적당한 거리를 두고 텔레비전을 보며 수다를 떨었다. 침실은 엄마와 따로 쓰니 심야에야 간신히 마스크를 벗었다.

하루 내내 마스크를 쓰는 건 상상 이상으로 부담이 컸다.

상상력 부족을 반성했다. 도쿄에서는 집이 직장이다. 마스크는 마트에 갈 때 정도만 쓴다. 마스크 피로라는 말의 의미를 이제야 알겠다. 본가에서 며칠쯤 묵을지 정하지 않았는데, 마스크 때문에 지쳐서 이틀만 자고 도쿄로 돌아왔다.

나쁜 버릇

2022년

푸슈를 해봤다.

인생 최초의 푸슈다.

그거 도대체 어떤 식으로 되는 거지?

텔레비전 광고를 보고 계속 궁금했다. 시판 헤어 매니큐어 이야기다.

할머니도 엄마도 머리가 그다지 세지 않았고, 쉰이 넘은 나도 염색할 필요가 거의 없었다. 그런데 최근 들어 관자놀이 주변에 하나둘씩 흰머리가 나타났다.

그래서 푸슈다. 병의 버튼을 누르면 선단의 빗 부분에서 염색 거품이 푸슈 나오는 그런 물건이다.

사봤다.

나의 나쁜 버릇 중 하나가 사용 설명서를 잘 읽지 않는 것이다. 그래도 이번에는 꼼꼼히 읽었다. 구석부터 구석까지 읽었다.

밤. 욕조에 몸을 담그기 전에 푸슈 데뷔.

우선 벗기 편하게 앞으로 여미는 옷을 입는 것이 중요하다. 군이 설명할 필요도 없이 목이 둥근 스웨터를 입으면 벗을 때 옷깃 언저리가 더러워지기 때문이다.

다음으로 얼굴 주변에 방수 성질이 있는 니베아 같은 크림을 듬뿍 발라야 한다. 염색 거품이 얼굴에 닿더라도 피부 착색을 막을 수 있다고 한다.

자, 하겠다, 푸슈.

눌렀다. 나왔다. 빗에서 까만 거품. 굉장히 재밌다. 지금까지 경험한 적 없는 감촉이다. 관자놀이 쪽 머리카락을 거품 빗으로 빗었다. 무지무지 간단하잖아. 완전 쉬워, 완전 쉬워, 하며 우쭐해졌는데, 함께 들어 있던 비닐장갑을 깜빡하고 안 꼈다는 걸 깨달았다. 설명서를 숙독했는데도 실행에 옮기지 못했다.

비닐장갑을 끼고 다시 푸슈푸슈 염색을 시작했다. 눈 깜빡할 사이에 끝났다. 그럼, 욕조에서 헹구고…… 하고 거울을 봤는데 귀가 군데군데 까맣게 물들었다. 귀 전용 캡을 쓰는 것도 까맣게 잊었다.

인스턴트 누카도코

   겨울철 산책로를 걸었다.

   가지만 남은 나무도 역시 아름답다고 생각하며 지나간다.

   코로나는 다시 감염 확산. 올해도 본가에 가지 못하고 영상 통화로 "새해 복 많이 받아요"가 되고 말았다. 그쪽에서는 자기도 화면에 나오겠다고 난리여서 스마트폰 화면이 시종일관 흔들렸다. 이따금 화면에 핫플레이트로 굽는 중인 대량의 만두가 보였다. 무엇보다 건강해 보여서 다행이다.

   그런 설날도 일주일이 지났으니 이제는 과거.

   자, 오늘 밤에는 뭘 먹을까. 추우니까 생강을 듬뿍 넣은 동아 수프로 국물 요리를 한 그릇. 냉동 고기만두를 쪄서 한 접시. 두부에 파드득나물을 썰어 얹고 참기름과 간장을 뿌려서 한 접시. 중식 느낌으로 마무리하고 싶지만, 남은 건 만들어 둔 마카로니 샐러드, 토란 조림, 순무 잎과 대두 매운 볶음.

그리고 순무 누카도코(장아찌 등을 담글 때 쓰는 절임용 겨된장).

"미리 씨, 인스턴트 누카도코, 간편해요!"

추천받고 사서 해봤더니 정말로 간편했다. 지퍼 달린 비닐 봉지에 발효된 누카도코가 담겨 있어서 그 안에 채소를 썰어 넣기만 하면 끝이다. 밤에 절여두면 아침이면 완성이다. 매일 저어줄 필요도 없고, 냉장고에 넣어두기만 하면 된다. 나는 주로 순무를 살짝 절여 샐러드처럼 오독오독 먹는다.

좋아, 저녁밥 결정. 조금 더 산책하고 돌아가자.

이런, 그렇지, 오늘부터 이치가쓰바쇼(1월 첫째 혹은 둘째 일요일에 열리는 스모 경기)였다!

코로나 때문에 집에 있으니까 스모를 보기로 했다.

스모 선수들의 이름이 마음에 든다. 멋있어서 황홀해진다. 아비阿炎, 도비자루翔猿, 우라宇良, 가가야키輝, 다마와시玉鷲. 한자도 멋있는데 발음도 최고다.

만약 내가 나만의 선수용 이름을 짓는다면?

인류가 달에 착륙한 1969년에 태어났으니까 이름에 '달 월月'도 넣고 싶고, 겨울에 태어났으니까 '찰 한寒'이나 '눈 설雪'도 쓰고 싶다. 물병자리에서 따와서 '호수 호湖'도 괜찮겠는데. 좋아하는 한자로 고른다면 '일 사丰'나 '곶 곶串'처럼 마지막에 세로선을 길게 긋는 글자인데, 둘 다 스모 선수 이름에는 어울리지 않는 것 같다. 그래도 '빛날 화華'라면 화려함이 있다.

월, 한, 설, 호, 화.

조합하면 어떤 선수 이름이 나올까?

생각하며 집에 돌아왔다.

40년 만의 직소 퍼즐

계속 날이 추워서 집 안에서 즐길 수 있도록 본가에 계신 엄마에게 보낼 직소 퍼즐을 샀다. 그림은 후지산을 배경으로 한 오층탑과 만개한 벚꽃. 가볍게 할 수 있게 500피스짜리다.

보내기 전에 한번 해볼까?

완성한 후에 부숴서 다시 상자에 넣으면 되고, 오랜만이니까 해보고 싶은 마음도 있었다.

초등학생 때였다. 어느 날 밤, 아버지가 커다란 상자를 안고 퇴근했다. 안에 든 것은 2천 피스 직소 퍼즐. 가족 모두 힘을 합쳐 완성해보자. 아버지는 자기 제안에 들떠 있었다. 매일 밤 아버지의 호령에 따라 퍼즐 대회가 열렸다. 찾던 조각을 발견하고, 빨려 들어가는 것처럼 '척' 합체되는 순간의 이루 말할 수 없는 쾌감. "오늘은 여기까지 해냈구나"라며 다 같이 기뻐했던 밤. 그러나 2천 피스의 산은 험준했다. 결국 우리 집 직소 퍼즐은 여정 도중에 종료되고 말았다.

그때 이후로 내게는 약 40년 만의 직소 퍼즐이다.

테이블에 퍼즐을 펼쳐놓았다. 500피스지만 양이 꽤 많다.

문득 아버지의 말이 떠올랐다.

"우선 테두리부터 완성하자."

그랬지. 그때 2천 피스 중에서 테두리 조각만 골라서, 색을 구분하고 모양을 구분하는 것부터 시작했다.

그래서 이번에도 테두리부터 시작해 서서히 안을 채워나 갔는데, 세 시간이나 해도 그다지 진전이 없었다. 게다가 비교적 간단한 건 오층탑뿐. 벚꽃이 앞을 가로막았다. 전부 비슷한 분홍색 조각이라 손도 대지 못했고⋯⋯. 정신이 아득해져서 상자에 다시 넣었다.

이거, 엄마가 혼자 할 수 있을까? 처음에는 좀 더 작은 게 좋지 않을까.

새로 108피스 직소 퍼즐을 샀다. 이거라면 초보자도 질리지 않고 할 수 있겠지. 108이란 불교에서 말하는 번뇌의 수. 그림은 귀여운 새끼 고양이인데, 뭔가 깊은 의미가 담겼을지도 모른다.

해봤더니 약 한 시간 만에 완성됐다. 동그란 눈동자의 새끼 고양이가 뭔가 하고 싶은 말이 있다는 듯 나를 바라봤다. "처음으로 퍼즐을 완성했네"라는 말이라도 하려나.

팡데로

포르투갈 과자 세트가 도착했다. 친구가 보낸 생일 선물이다. 가본 적 없는 포르투갈. 어떤 과자를 먹는 나라일까! 두근 두근 상자를 들여다봤다.

팡데로가 들어 있었다. 설명서에 따르면 선교사들이 일본에 전파했다는데, 이 팡데로가 카스텔라의 원형으로 여겨지기도 한단다. 정말로 모양은 둥그런데 카스텔라처럼 보인다.

"팡데로."

입으로 발음해봤다. 판데로도 아니고 퐁데로도 아니고 팡데로. 실제 포르투갈에서는 어떻게 발음할까.

팡데로는 그냥 먹어도 되는데, 카망베르 치즈를 얹어서 살짝 데워 먹는 것을 추천한다고. 해봤더니 달고 짭조름해서 괜찮았다.

그러고 보니 상경 후, 짭조름하다는 뜻인 '숏파이'가 어떤 맛일까 궁금해한 적이 있다. 간사이에서는 짭조름하다고 말할 때 숏파이가 아니라 '시오카라이'를 쓴다. 시큼하다는 '슷파이'인데 숏파이는 숫파이와도 좀 다른 것 같으니까 내 멋대로 '달콤새큼'한 맛이라고 해석했었다.

맛이 다른 팡데로도 들어 있었다. 올리브 글라세를 넣은 팡데로다. 잘게 썰어 설탕에 절인 올리브 열매가 가득 들었다. 호오오, 올리브를 설탕에 절여서 먹는구나. 흥미진진. 세상에, 올리브 글라세가 들어간 쿠키도 있잖아. 먹어보니 전부 올리브 맛과 향이 풍부했는데, 달콤해서 간식으로 아주 좋았다.

과자 이외에 '마사'라는 포르투갈 전통 조미료도 들어 있었다. 소금에 절인 파프리카 과육을 페이스트로 만든 것으로 병에 담겨 있다. 레시피도 함께 들어 있었다.

돼지고기와 감자, 바지락으로 만드는 산뜻한 마사 볶음. 만들어보니 풍미가 독특하고 굉장히 맛있었다. '카르네 데 포르코 아 알렌테자나'라는 긴 이름의 요리였다.

부를 수 있어요

"나는 이와사키 치히로의 그림 좋아해!"

초등학교 때 같은 반 친구가 국어 교과서 표지를 보며 이렇게 말해서 놀랐다.

화가 이름을 어떻게 알아?

나는 교과서를 제작하는 회사 사람이 표지 그림을 그리는 줄 알았다.

나도 그 그림을 좋아했다. 화가 이름을 알고 나니 더 좋아졌다.

이와사키 치히로 씨라면, 구로야나기 데쓰코 씨의 베스트셀러 『창가의 토토』의 표지 그림을 그린 분이다. 모자를 쓴 귀여운 여자애가 오도카니 앉아 있는 그 그림.

그 책을 디자인 한 사람이 바로 와다 마코토 씨다.

도쿄 갤러리에서 생전의 와다 씨를 가끔 뵈었다. 나도 그렇고 누구나 와다 씨의 이야기를 듣고 싶어 해서 갤러리 한쪽은 언제나 와다 씨를 중심으로 와글와글 북적였다.

누군가의 전시회 뒤풀이에서 와다 씨를 포함한 많은 사람이 노래방에 함께 갔었다.

고이즈미 교코 씨의 명곡 〈쾌도 루비〉 부를 수 있는 사람 있어?

이런 분위기가 만들어졌다.

"부를 수 있어요."

내가 자리에서 일어나며 말했다. 그 노래를 좋아해서 자주 들었다.

무대가 있는 노래방이었다. 곡 마지막에 '작사 와다 마코토'라는 글자를 화면에서 확인하고는 모두 "오오!" 하고 흥분했다.

"와다 씨, 이 사람 《주간분슌》에 연재하는 작가예요."

누군가가 나를 소개해줬다. 설명할 필요 없겠지만, 《주간분슌》의 표지가 와다 씨의 일러스트다. 뭘 연재하느냐고 물어서 "〈사와무라 씨〉라는 가족 만화입니다" 하고 긴장해서 대답하자 "아, 알아요"라고 말씀해줘서 들뜨는 바람에 그 후에 내가 뭐라고 대답했는지 전혀 기억이 나지 않는다.

지우개만 한 고양이

어렸을 때 '미래'라고 생각한 때가 지금이다. 스마트폰이 있다. 전자레인지나 냉장고가 말을 한다. 엄청난 미래인데, 내가 원하는 로봇은 아직 출시되지 않았다.

가끔 공상한다.

지우개만 한 고양이 로봇이 있으면 좋겠다.

쫄랑쫄랑 책상 위를 돌아다니고 가끔 컴퓨터 키보드를 두드리는 내 손가락에 달라붙어 장난을 친다.

"어라, 없네?" 싶으면 연필꽂이 뒤에서 몸을 말고 낮잠을 잔다.

물론 외출할 때도 함께. 카페에서 고양이 로봇을 주머니에서 꺼내면, 고양이 로봇 고로(이름도 지었다)가 커피 잔 주변을 빙글빙글 돌아다니기 시작한다. 시선을 뗀 틈에 각설탕을 굴리며 논다거나 해도 좋겠다.

고로는 딱히 편리함을 추구하는 상품은 아니지만 나는 정말 갖고 싶다. 이것도 로봇은 이해할 수 없는 감정일 테지.

로봇과는 조금 다른데, 피아노 장갑 같은 것도 팔면 좋겠다. 그 장갑을 끼면 어떤 곡이든 자유자재로 연주할 수 있는 거다.

이런 생각을 했는데 최근 텔레비전 광고로 비슷한 상품이 개발되고 있다는 걸 알고 "미래다!" 하고 덩실거렸다. 언젠가 전자동으로 탈 수 있는 스케이트 슈즈도 만들어주지 않을까.

어떤 로봇을 원해?

이런 질문을 친한 사람에게 하면 "응? 로봇?(필요한가?)" 하고 놀랄지도 모른다. 무슨 대답이든 아마 인간다운 대답일 것이다.

나보다 저 아이

초등학교 고학년이 될수록 나는 점점 뒤떨어졌다. 일단 뒤떨어지면 주변의 평가가 고정되기 때문에 어떤 일에 도전하려는 마음이 움츠러든다.

예를 들어 음악 시간. 반 합주회 때 큰북이나 아코디언 같은 딱 하나뿐인 악기를 맡고 싶다고 말하지 못한다. 물론 누가 해도 괜찮지만, '저런 건 공부 잘하는 아이가 하는 거야' 하고 일찌감치 포기한다. 그 결과, 대다수가 하는 리코더 팀에 자진해서 들어갔다.

그 합주회에서 나는 실로폰을 쳐보고 싶었다. 보드라운 실로폰 음색을 듣고 '어쩜 이렇게 예쁠까!' 하고 설렜다. 그러나 실로폰은 하나뿐이었고 하필이면 손을 든 아이는 반의 수재. 나보다 저 아이가 하는 게 더 어울린다. 아마 다들 그렇게 생각하겠지. 가위바위보로 누가 되나 보자고 겨루고 싶다는 생각조차 들지 않았다.

나는 어른이 됐다. 어른이 된 나는 이제 누구의 시선도 신경 쓰지 않아도 된다. 하고 싶은 게 있으면 문화센터에 신청하면 된다!

20대, 30대, 40대. 흥미가 생기면 무조건 해봤다. 태극권도 했다. 요리와 기모노 입는 법도 배웠다. 프랑스 자수랑 꽃꽂이도 했다. 별자리 강좌는 2년쯤 다녔었나. 1일 체험까지 포함하면 아마 상당히 많이 배웠을 것이다. 메이크업 레슨, 보이스 트레이닝, 육수 만들기 교실. 직접 만든 망원경으로 야생의 새와 식물을 관찰하는 모임. 공벌레 강좌도 들었었지. 공벌레의 생태를 배우는 강좌였다. 드럼 체험 수업에서는 근육이 좋다고 칭찬받았다. 의외로 타악기에 잘 맞는지도 모르겠다. 언젠가 실로폰에 도전해볼까?

각양각색의 배움. 돌이켜보면 어려서부터 꾸준히 '좋아하는 마음'이 이어진 것은 그림 그리기뿐이다.

"좋아하는 일이 있으면 좋지. 핫핫핫(느긋한 부모님의 웃음소리)."

미술 성적도 보통인 딸인데 그림 그리는 걸 좋아한다고 계속 칭찬해줬다.

새 학기인 요즘. 문득 생각나는 이런저런 일들이다.

후토코로모치

이거 먹어본 적 있어.

《아사히신문》의 〈be on Saturday〉에 실린 파스텔 톤 떡 사진을 보고 기억을 더듬었다. 후토코로모치. 아마 딱딱해진 떡을 품에 넣어 데워서 말랑말랑하게 했다는 게 이름의 유래 아니었나(후토코로가 품, 모치가 떡이라는 뜻). 기사를 읽어보니 에히메현 지타반도의 향토과자였다.

맞아. 에히메현 한다시에서 만났었다.

『금빛 여우』『아기여우와 털장갑』 등의 동화를 남긴 니이미 난키치 씨의 기념관에 갔을 때, 거기 선물 코너에서 후토코로모치를 봤다. 부드럽고 은근하게 달콤했다. 취향에 맞아서 친구에게 주려고 산 것까지 먹어치웠다.

더운 날이었다. 나는 모자를 쓰고 있었다. 한다역에서 기념관까지 가는 도중에 일반에 공개되어 있는 니이미 난키치의 생가를 견학했다. 타는 듯이 붉은 꽃무릇이 피어 있었다. 점점 기억이 되살아난다. 기념관을 본 후, 예약해둔 조미료 회사 미쓰칸 뮤지엄에 가서 식초의 역사를 공부했다. 운하 바로 옆 양조장 풍경이 아름다워서 여기 출신인 사람들이 자랑스럽게 여기겠다고 생각하며 부러운 마음으로 바라봤다.

그때, 아버지 병문안을 하러 매달 몇 번이나 오사카 본가에 갔다. 여명이 얼마 남지 않은 걸 아버지 당신도 알고 있었고, 엄마는 만약을 위해 너무 멀리 여행을 가지 말라고 했다. 그래서 당시 내 여행은 도쿄와 오사카 그 사이뿐이었다.

미시마, 하마마쓰, 한다, 나고야, 기후. 이제는 건강해질 미래가 없는 아버지를 만나러 가는 도중, 현실에서 도망치는 것처럼 곁길로 샜다.

미시마 거리 곳곳에 '미시마 크로켓' 깃발이 있었는데, 미시마다이샤 신사 옆에서 갓 구운 크로켓을 먹었다. 하마마쓰에서는 하마마쓰 만두. 나고야에서는 매콤한 타이완 라면. 기후에서는 뭘 먹었더라. 기후성을 관광한 후, 오래된 과일 디저트 가게에서 과일 샌드위치를 주문한 건 기억한다.

그리고 한다에서는 후토코로모치. 애달픈 마음으로 떠난 여행일 텐데 많은 것을 우걱우걱 먹었다.

아버지가 나한테 마지막으로 준 맛있는 선물이었겠지?

지금은 그렇게 생각된다.

'마음'의 무게

　소바 가게 앞에서 튀김 부스러기를 팔고 있었다. 간사이에서는 이걸 '덴카스'라고 부른다. 예전에 히라마쓰 요코 씨가 《주간분슌》 에세이에서 튀김 부스러기로 만든 선술집 요리를 소개한 적이 있는데, 그게 정말 맛있어 보여서 '언젠가 만들어봐야지!' 생각했었다.

　그런데 어떤 요리였더라.

　일단 튀김 부스러기를 한 봉지 사서 집으로 돌아왔다.

　히라마쓰 씨가 선술집에서 주문한 것은 '다누키 두부'라는 요리였다. 조리법을 여기저기 검색해보니, 두부와 대량의 튀김 부스러기를 함께 넣고 달콤 짭조름하게 졸이면 된다고 해서 만들어봤다.

　맛있다. 튀김 부스러기에 국물이 스며들어 흐물흐물했다. 원래 나는 기름진 것을 좋아한다. 조림보다는 튀김. 구운 도넛보다는 튀긴 도넛. 당연히 튀김 부스러기도 좋아했던 기억이 떠올랐다.

회사에 다니던 시절, 구내식당에서 우동을 주문하면 튀김 부스러기를 무료로 제공했다. 그걸 나는 우동에 잔뜩 뿌려 먹었다.

다누키 두부를 만들고 남은 튀김 부스러기도 된장국에 넣거나 초무침에 넣어 어렵지 않게 싹 사용했다.

그리고 나는, 살을 빼고 싶다.

계절이 여름을 향해 간다. 옷이 얇아지니까 3킬로그램까지는 아니더라도 최소한 2킬로그램은 줄이고 싶다.

그런 이유로 기름진 요리나 과자를 멀리한 첫날 밤, 체중계에 올라갔다가 깜짝 놀랐다. 500그램이 늘었다. 다음 날, 기름진 것을 더욱더 멀리했다. 체조도 했다. 200그램이 늘었다. 그리고 다음 날도 200그램이 늘었다.

어째서? 살을 빼려고 노력했더니 결과적으로 1킬로그램 가까이 쪘잖아.

나는 한 가지 가설을 세웠다.

'마음'에는 무게가 있다. 뭔가를 참으면, 참는 것에 대해 평소보다 더 많이 생각하게 된다. 다누키 두부, 튀김, 돈가스. 도넛에 앙버터 빵. 기름진 것을 먹고 싶다는 '마음'이 머릿속에 꽉 차서…… 이 '마음'에 실제로 무게가 있어서 그만큼 몸무게에 반영된다거나?

　만약 이게 사실이라면 세기의 발견이다. 세기의 발견을 했을지도 모르는 나는 그 '마음'을 줄이기 위해 기름진 것 멀리하기를 멀리했다. 그날 밤, 나는 체중계에 올라가지 않았다.

작약 봉오리

작약 봉오리 세 송이를 샀다. 사고 싶은 기분이었다. 한 송이에 600엔이니 딴에는 큰마음을 먹은 것이다.

돌아오는 길, 비가 본격적으로 내렸다.

산책로의 까만 고양이가 키 작은 나무 아래에서 비를 피하고 있었다. 자주 같이 다니는 삼색 고양이는 안 보였는데, 고양이 입장에서는 쓸쓸하지 않겠지만 내 눈에는 어째 쓸쓸해 보였다.

"삼색이는 어디 갔니?"

멈춰 서서 말을 걸었다.

까만 고양이는 "보지 말라고" 하는 것처럼 귀찮은 듯 시선을 피했다.

"또 보자."

비가 내리는 가운데 오후 5시를 알리는 종소리가 울렸다

(일본에서는 오후 5시에 이제 그만 놀고 집에 돌아가라는 뜻으로 멜로디가 붙은 종소리를 울린다). 이 소리를 들으면 가슴이 설렌다는 가사의 노래가 있었던 게 떠올랐고, 어디에선가 그 노래를 처음 들었을 때 조금 울 뻔했던 기억도 떠올랐다.

여러모로 일이 한동안 잘 안 풀렸다.

내 내면이 잔뜩 굳어진 것 같다고 느꼈다. 작약을 고른 것도 아마 그래서일 것이다. 봉오리는 동그랗고 단단하게 입을 다물고 있었다.

"줄기를 비스듬하게 자르고 꽃에 붙은 겉껍질 부분을 살짝 벗겨주면 좋아요."

꽃가게 점원이 시범을 보여줬다.

"작약, 안 열리기도 하나요?"

내가 물었다.

"있긴 한데 글쎄요, 이건 열릴 것 같아요. 커다랗게 필 거예요."

집에 와 작약을 꽃병에 꽂았다. 사흘이 지나도 전혀 변화가 없었다.

우리, 안 열릴지도 모르거든!

봉오리들은 고집이 셌다.

괜찮아. 열리지 않아도 돼. 무리해서 피지 않아도 돼.

작약 앞을 지날 때마다 그렇게 생각했다.

얼마 후, 봉오리 하나가 열리려 하는 걸 알아챘다.

피는 거야?

이미 힘든 일에서 벗어나 회복 중이던 나는 그 꽃봉오리를 만져봤다. 살짝 차가웠다.

예전에 수족관에서 이런 이야기를 들은 적이 있다. 해파리에게도 신경이 있어서 누가 만지는 걸 안다고. 인간이 너무 오래 만지면 손의 체온 때문에 해파리가 화상을 입기도 한단다. 식물도 만지는 건 좋아하지 않으려나.

필 것인가, 피지 않을 것인가.

작약은 아직 어떻게 할지 정하지 못한 것 같았다.

막차가 떠난 후

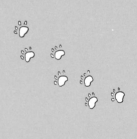

정말로 정말로 정말로 동시에

　숲 체험 학교 등에 가서 자고 오는 밤. 한 방에 둥글게 모여 앉아 다 같이 했던 무서운 이야기. 회심의 한 방이 있는 아이는 반드시 존재해서, "이건 친구네 오빠가 말해준 진짜로 있었던 일인데" 하고 밑밥을 깔고 시작한 이야기는 제법 오싹했다.

　출처가 가까운 것 같으면서 먼 것도 같은데, 어쨌든 가까운 것 같은 인물. 이 절묘한 거리감이 무서운 이야기에 박차를 가했다. 서로에게 몸을 바짝 붙이고, 베개를 끌어안고 조마조마하게 이야기를 듣다 보면, "무서운 이야기를 하는 도중에 인원수를 세면 한 명이 많아진다더라"라고 누가 말하고, "잠깐 있어봐, 세보자!" 하고 덜덜 떨면서 1, 2, 3 하고 세기 시작하는데, 두말할 것 없이 한 명이 늘어난 적은 한 번도 없었다.

숫자를 세면서 잠깐 생각했다.

한 명 많아지면 재밌을 텐데.

친구의 오빠가 해줬다는 이야기는 대부분 의심스러웠지
만, 신기하게도 전부 그냥 흘려듣지는 못했다.

주스 자판기 버튼 두 개를 동시에 누르면 주스가 두 개 나
온다는 이야기를 들었다. 친구 오빠는 성공했다고 한다. 무서
운 이야기를 한 오빠와는 다른 오빠다. 동시라도 정말로 정
말로 정말로 동시에 해야 하니까 어지간해서는 그럴 수 없는
기적에 가까운 일인데, 그래도 친구의 오빠는 해냈다고 한
다. 주로 쓰는 손에 아무래도 힘이 들어가니까 오른손잡이인
사람은 왼손보다 오른손으로 버튼을 약하게 누르는 게 비결
이라나.

대단하다. 그거 대단하다.

나는 집에 돌아오자마자 바로 여동생에게 그 이야기를 들
려줬다. 여동생에게는 언니의 친구의 오빠의 이야기다.

우리 가족은 목욕탕에 자주 다녔는데 목욕을 마치면 주스
를 사서 마셨다. 목욕탕에서 라무네나 오로나민C를 마실 때
도 있고, 무더운 여름밤에는 목욕탕 밖에 있는 자판기에서
탄산음료를 사서 마시며 돌아오기도 했다. 아버지는 저녁에
일찌감치 목욕을 하기 때문에 대체로 엄마랑 나, 여동생 이

렇게 셋이 다녔다.

목욕탕 옆 자판기. 바로 옆에는 용수로가 있어서 항상 물 흐르는 소리가 들렸다.

나와 여동생은 그 자판기로 '동시에 누르기'에 열중했다.

"하나, 둘!"

번갈아 외치며 둘이 함께 눌렀다.

"그게 될 리가 있겠니~."

엄마가 뒤에서 웃으며 지켜봤다. 결국 주스는 매번 딱 하나만 나와서, 그걸 셋이서 돌려가며 마시며 집으로 돌아가는 밤길.

가는 길에 시소만 있는 아담한 공원이 있었다. 공원 주변에 빙 둘러 심은 나무 아래에는 다양한 동물의 무덤이 있었다. 송사리, 금붕어, 잉꼬, 거북이. 아파트 단지 아이들이 키우다 죽은 작은 반려동물을 거기 묻었고, 아이들끼리 작은 장례식을 치른 적도 있다. 민들레꽃이나 토끼풀꽃을 바치며 부디 천국에 가기를 기도했다. 다정한 기도였다. 그 공원을 지날 때쯤이면 주스 캔이 거의 다 비었다.

"내일도 또 해보자."

우리는 제법 끈질긴 자매였다.

결국 친구의 오빠가 말한 '정말로 정말로 정말로 동시에' 를 이루진 못했으나, 솔직히 말해서 아직 포기하지 못하는

243

마음이 남아 있다.

　눈을 감지 않고 재채기를 하면 흰자위만 남는다고 한다.
　이것의 출처 역시 다른 친구의 오빠였다.
　친구의 오빠의 친구가 시험해봤다가 흰자위만 남은 채 원래대로 돌아오지 않아 큰일이었다는 소리를 들었는데, 이것에 한해서는 반 친구들 누구도 해보자는 말을 꺼내지 않았다.
　정말이면 어떡하지?
　우리는 검은자위의 행방이 걱정됐다.

영어 숙제

핀란드에 혼자 여행하러 간다고 말하자 개인 레슨을 해주는 회화 선생님(일본인)이 말했다.

"배운 걸 살릴 기회네요!"

네, 뭐, 확실히 그러네요…….

우물쭈물하는 내게 선생님이 특별히 여행용 영어 수업 계획안을 마련해줬다. 참고로 핀란드는 영어 교육에 열정적이어서 상점에 가면 대부분 영어가 통한다.

먼저 선생님이 숙제를 내주셨다. 핀란드 거리에서 내가 할지도 모르는 말을 생각해 영어로 작문해 오라고 했다.

책상에 앉아 생각했다.

내가 여행지에서 할 것 같은 말?

우선 일본어로 목록을 짰다.

"어디에 줄을 서면 될까요?"

"거기까지 걸어서 갈 수 있을까요?"

"돈은 어디에서 내나요?"

생각하다 보니 다양한 상황이 떠올랐다.

"이거 먹어보고 싶었어요!"

이건 아마도 가게 사람에게 하는 말이겠지. 내가 먹고 싶었던 건 대체 뭐였을까. 그건 나도 아직 모르겠다.

"거기에 갔더니 아니라고 했어요."

이 말을 하는 나는 각종 창구를 빙빙 돌았을 게 틀림없다. 역 매표소인지 어딘지 모를 곳에서 발을 동동 구르며 우왕좌왕하는 내 모습이 눈에 선하다.

할지도 모르는 말 목록이 점점 늘었다.

"저 사람이 먹는 것과 같은 걸 주세요. 양은 적게 해주시면 좋겠어요."

"아무 데나 앉아도 되나요?"

"길을 헤맸는데, 간신히 여기까지 올 수 있었어요."

예문을 본 선생님이 어째서인지 묘하게 감탄했다. 리얼한데요, 하면서.

그렇게 해서 나리타공항에서 출발했는데, 현지에서는 이번에도 거의 단어와 제스처로 종료. 참고로 가르쳐주셨지만 사용하지 않아서 다행이었던 최고봉의 영어 문장이 있다.

"제 짐이 없어졌어요. 어떻게 하면 될까요?"

진지하게 놀다

오셀로 게임을 가르쳐준 건 아버지다.

아버지는 흑백 돌을 뒤집을 때 반드시 "페롱"이라는 이상한 추임새를 붙였다. 두 개면 "페롱, 페롱"이고 다섯 개면 "페롱, 페롱, 페롱, 페롱, 페롱"이다. 그래서 친구와 오셀로를 하며 놀 때도 머릿속에서 아버지의 페롱페롱이 들리곤 했다.

친구 집에서 처음으로 오셀로를 했을 때, 내 실력이 좋다는 걸 알고 놀랐다. 아무도 날 이기지 못했다. 친구의 오빠까지 참전했는데 몇 번을 해도 어렵지 않게 이겼다.

아버지에게 팽이치기도 배웠다. 팽이치기는 끈을 감는 방법이 중요한데, 너무 느슨하게 감아도 또 너무 단단하게 감아도 풀려버린다. 딱 적당한 느낌으로 끈을 감고 이때다 싶은 타이밍에 팽이를 놓는다. 공중에 뜬 팽이를 손바닥에 올릴 수 있을 때까지는 시간이 걸렸지만, 옆에서 아버지가 자신만만하게 이런저런 기술을 선보이니까 나도 모르게 흥이 났다.

어딘가의 지역 특산품으로 아버지가 커다란 팽이를 사 온 적이 있다. 망고처럼 통통한 형태였다.

이게 어떻게 돌아갈까?

아버지가 팽이에 차근차근 끈을 감는 모습을 여동생과 함께 지켜봤다.

"자, 간다!"

아버지 손에서 벗어난 팽이가 엄마의 오동나무 장롱을 그대로 들이받았다. 엄마에게 혼나고 아버지는 씁쓸하게 웃었다.

그로부터 얼마 후, 초등학교 놀이 모임에서 팽이치기를 하고 놀았다. 누구 팽이가 가장 오래 도는지 경쟁했다.

우선 반별로 나눠서 대결했다. 이윽고 승자들만 모인 최종 결전. 여자 중에 남은 사람은 나 하나였다. 우승한 것도 나였다.

언젠가의 설날. 가족이 모여 '폰쟝'을 하고 놀았다. 네 살 어린 여동생도 규칙을 알고 있었으니까 당시 나는 초등학교 고학년이었으려나. 고타쓰에 들어가 낮부터 밤까지 열중해서 폰쟝을 했다.

폰쟝은 마작을 모방해서 어린이용으로 쉽게 만든 게임이

다. 패에 그려진 그림은 자동차, 배, 비행기. 색과 조합에 따라 승점이 달라진다.

우리 집은 게임을 할 때마다 경품을 걸었다. 경품은 아버지가 파친코에서 남은 구슬로 받아 온 초콜릿 과자였다. 그게 거실 구석에 쌓여 있어서 이길 때마다 제일 위에 놓인 과자를 하나씩 받았다.

이 규칙을 고안한 건 당연히 아버지다. 이기지 못하면 아무리 어린이라도 절대 과자를 받을 수 없다. 그래서 분위기가 더 고조됐다.

"놀 때는 진지하게 놀아야 한다."

아버지는 노는 도중에 텔레비전을 켜는 걸 용납하지 않았다. 느긋하게 간식을 먹으면서 한다는 건 말도 안 된다.

놀이의 자리는 모두가 만들어가는 것. 좁은 세 평짜리 거실, 가족 모두가 집중해서 하는 어린이 게임. "그만 자야지"라고 말해야 하는 어른도 같이 노니까 방해할 사람도 없다. 어울려줘야 했던 엄마의 심정은 알 수 없지만, 어린 내가 봐도 그때의 아버지는 생기 넘쳤다.

평소에는 성마른 아버지였다. 밥공기나 접시가 공중으로 날아가는 걸 몇 번이나 봤다. 이른바 밥상 뒤엎기다.

아버지는 대체 왜 저래?

이해를 못 해서 어른이 된 후에도 몇 번인가 크게 싸웠다. 언젠가 화가 난 아버지가 찻잔을 장롱에 던져서 깨트렸을 때, 쌓일 대로 쌓였던 나도 똑같이 머그잔을 장롱에 던졌다.

　아버지는 많이 놀랐을 것이다. 평소에는 자기 혼자 발끈했다가 끝나는 상황에 딸이 뛰어든 것이다. 그 후로 나는 복숭아와 연필꽂이, 아버지는 봉지 라면을 장롱에 던졌다. 말할 것도 없이 아버지가 예전에 팽이로 흠집을 낸, 엄마의 그 오동나무 장롱이었다. 재미있게도, 나도 아버지도 짜기라도 한 것처럼 텔레비전을 향해서는 던지지 않았다.

　지금, 그리움을 담아 떠올리는 모습은 같이 놀았던 때의 아버지다.

　아버지니까 싸우기도 했지만, 만약 그 사람이 소꿉친구였다면 최고의 놀이 상대였을 게 분명하다. 큰 소리로 분위기를 띄우고, 재미있는 규칙을 만들고, 누구보다도 즐겁게 웃는다. 그러고 보니 만년에 초등학교 동창회에 참석한 사진 속 아버지는 친구들에게 둘러싸여 행복해 보였다.

막차가 떠난 후

　막차가 떠난 후 플랫폼에 깔린 정적이 좋다. 사람은 모두 사라져 자판기나 쓰레기통을 비출 뿐인 전등이 토라진 것처럼 보이기도 한다.

　교토역에서 바로 이어지는 호텔 그란비아 교토. 숙박할 때는 플랫폼이 보이는 방을 예약한다. 밤의 플랫폼을 멍하니 바라보고 싶다. 오로지 그런 이유로 묵은 적도 몇 번 있다.

　아버지의 건강이 나빠지기 시작할 때였다. 오사카에 병문안을 갔다가 도쿄로 돌아가기 전에 방을 잡았다. 심야, 창가에 서서 고요한 플랫폼을 내려다봤다. 오늘 전철은 끝났다. 이제 어디로도 갈 수 없고 내가 할 수 있는 건 아무것도 없다. 그저 잠들기만 하면 된다. 긴장했던 마음이 조금 풀어졌다.

　도쿄 스테이션 호텔에 묵은 건 2019년. 마스크 생활이 바로 코앞에 닥친 연말이었다.

도쿄 스테이션 호텔은 도쿄역 마루노우치 쪽 역사驛舍에 있는 클래식한 호텔이다. 이 호텔은 대체 어떤 구조로 되어 있을까. 묵어보고 놀랐다. 지하에 인공 온천이 있었다. 피트니스·스파 구역 내의 온천 시설인데, 도쿄역 지하에 헬스장이 있다고 도대체 누가 상상이나 하겠나? 숙박객은 천 엔으로 인공 온천을 이용할 수 있고, 내가 이용한 숙박 플랜에는 무료 이용권이 포함돼 있었다.

자, 우선은 체크인. 담당 직원이 방까지 안내해줬다. 내 방은 호텔 정면에서 봤을 때 왼쪽에 있는지, 오른쪽 엘리베이터로 올라간 후 제법 많이 걸었다.

그나저나 옆으로 길쭉한 호텔이다. 도쿄 타워를 눕혀놓은 길이와 거의 비슷하다고 한다.

"정말 되게 기네요."

감탄하며 걸었다.

하얗고 긴 복도에 도쿄역이나 호텔 아카이브 사진을 쭉 전시해놓아서 그걸 구경하며 걷다 보니 방에 도착했다. 예약한 방은 복층 타입 객실로 문을 열면 아트리움 형식의 거실이 나오고, 계단 위가 침실인 구조였다. 창밖에는 거대한 신마루노우치 빌딩. 두 호실쯤 더 왼쪽 방이라면 교코 거리가 정면으로 보이고, 그 너머로 고쿄 가이엔을 볼 수 있을 것이다(고쿄 가이엔은 일본 왕의 평소 생활공간이고 교코 거리는 일왕이 고교에서 도쿄역까지 이동할 때 사용하는 거리다).

저녁은 백화점 식품관에 가서 마음에 드는 걸로 사야지. 다이마루 도쿄 식품관에 쇼핑하러 갔다. 옆으로 누운 도쿄타워를 왔다 갔다, 이쯤 되면 훌륭한 복도 워킹이다. 디저트로 케이크까지 완벽하게 사서, 거실 소파에 앉아 텔레비전을 보며 저녁 타임. 천장이 너무 높아서 호텔 방에 있는 것 같지 않다. 프런트에서 먹는 기분이랄까?

저녁을 먹은 후에는 그 인공 온천에 갔다. 복도를 워킹해 엘리베이터를 타고 지하로 내려가자, 진짜네, 피트니스·스파 구역의 입구가 있었다. 딱 봐도 고급스럽다. 여길 평소에 이용하는 사람은 어떤 사람일까.

인공 온천에는 파란색 전등이 켜져 있다. 이 온천을 영화에 비유하자면 〈2001 스페이스 오디세이〉 정도일지도. 생각하자니 신기했다.

지금 나는 알몸으로 도쿄역 지하에 있다!

내 머리 위 전철에 타고 있을 사람들을 상상하며 눈을 감았다.

커다란 욕조에서 푹 쉰 후에는 기다리고 기다리던 밤의 도쿄역. 역사의 남북에 있는 반구형 돔 부분, 평소에는 개찰구에서 천장의 독수리 조각을 올려다보기만 했는데, 돔 쪽 객실에 묵으면 방에서 개찰구를 내려다볼 수 있다. 창밖으로 온통 돔 안쪽만 보여서 하룻밤 내내 무인 개찰구를 마음껏 볼 수 있다. 단, 돔 쪽 방이 아니더라도 숙박객이 자유롭게 돔 안쪽을 둘러볼 수 있는 공간이 따로 마련돼 있다.

막차가 떠난 심야. 아무도 없는 돔 안의 개찰구를 구경하러 갔다. 때때로 청소나 공사 일을 하는 사람들이 지나갔다.

쓸쓸하고 고요했다. 왜 이런 광경에 매료되는 걸까? 밤의 상점가나 밤의 초등학교. 그런 것에도 역시 끌린다. 같은 곳인데 낮의 얼굴만 정답처럼 여겨진다. 어느 하나만이 전부는 아닌데.

코로나 유행 중, 뉴스에서 매일 도쿄 사람들의 모습을 내보냈는데, 그중 하나가 도쿄역사의 붉은 벽돌 앞을 걸어가는 사람들이다. 나는 혼자 심야의 개찰구를 떠올리곤 했다.

예전에 이와테현 도노에 갔을 때였다. 배낭 하나로 편하게 가서, 도노역사 위가 호텔이라 묵어봤다.

낮에는 자전거를 대여해 관광명소 갓파(물속에 산다는 상상의 동물) 연못에. 그야말로 갓파 가족이 살 법한 맑은 강이었다. 그 후에 몇 군데 더 관광했는데 기억에 남는 것은 밤의 플랫폼뿐이었다.

2층 호텔 창에서 내려다본 한밤중의 도노역 플랫폼. 그때 무슨 생각을 했던가. 결국 잊을 것들을 위해 필사적으로 살아가는 나.

또 언젠가 그 호텔에 묵으러 가고 싶다.

알아보니 호텔은 이미 폐업한 상태였다.

그때의 우리

　창문으로 맞은편 집의 소나무가 보인다. 정기적으로 관리하는데, 매번 까다로워 보이는 기술자와 젊은 제자가 콤비로 온다. 도쿄에서 살기 시작한 지 25년. 스물여섯 살에 상경했으니까 인생의 약 절반을 도쿄에서 보낸 셈이다.

　그 사람과 만난 것은 스물여덟 살 때였다. 내 첫 책을 신문에 소개해준 기자. 다정한 느낌의 아저씨였지. 한참 후에야 유명한 기자라는 걸 알았는데, 아무튼 그게 내가 받은 인생 최초의 취재였다.

　묻는 말에 대답했을 뿐인데 그분은 굉장히 재미있어했다. 지금도 내가 한 말을 기억한다.

　"미래라는 글자를 보면 반짝이는 것 같아요."

　책을 한 권 출판했을 뿐이면서 잘도 뻔뻔한 소리를 했구나 싶어 어이없는데, 상경해서 기분이 들떴던 당시 나는 정말로 그렇게 믿었다. 그 사람은 점점 더 즐겁게 웃더니 이렇게 말했다.

"자신만만한 면이 좋네요."

취재 기사가 신문에 실리면서 내 첫 책은 2쇄를 찍었다. 젊었던 나는 그것마저도 당연하게 받아들인 면이 있다. 지금 생각해보면 수많은 신간 중에서 무명작가의 책을 선택해준 것이다.

나중에 물어봤다. 그때 왜 내 책을 선택하셨어요?

"그야 이 사람이 세상에 나왔으면 좋겠다고 생각해서 썼지요."

어딘지 신선 같은 느낌이었는데, 지금의 나와 비슷한 나이였을 것이다.

상경하고 제일 처음 살았던 집은 소규모 상점가 바로 앞 맨션이었다. 저렴한 식료품 가게, 정식집과 찻집, 그리고 술집이 잔뜩 있었다. 내 인생에 밤 외출이 있다는 게 신기했다. 신기하고 또 유쾌했다.

심야에 친구들이 전화를 걸어온다.

"지금 다 같이 술 마시고 있거든? 와라."

기댈 곳 없이 상경해 오로지 혼자 힘으로 사귄 친구다. 냉

큰 옷을 챙겨 입고 뛰어나가면 한밤중에도 상점가는 휘황찬
란하게 밝았다.

다들 다양한 곳에서 도쿄로 왔다. 배우를 희망하는 사람이
나 신출내기 예능인. 나처럼 그림쟁이를 희망하는 청년도 있
었다. 만화나 영화나 연극이나 밴드 이야기. 취미가 없는 나
로서는 모르는 것투성이였다. 노래방에 가서 누군가 부른 록
밴드 '더 블루 하츠'의 노래에 감동하고, 전위적인 연극을 보
러 가서는 머리를 싸쥐었다.

오사카 출신이다. 고도 경제성장기, 오사카에도 아파트 단
지가 비죽비죽 세워졌고, 나는 그 새로 생긴 단지에서 자랐
다. 주민들이 반상회를 꾸려 정기적으로 잡초를 뽑고 본오도
리를 기획했다. 아무것도 없던 곳에 규칙과 함께 마을이 만
들어졌다. 지방에서 이사를 온 우리 부모님처럼 주민들 대부
분이 꿈과 희망을 안고 이 새 터전을 찾았다.

단지 부지 안이나 틈새에 세워진 간소한 공원이 놀이터 역
할을 했다. 산도 숲도 바다도 없었지만, 빼앗긴 건 아니었다.
내게는 처음부터 그것뿐이었다. 〈도라에몽〉의 노비타(우리나
라 이름은 노진구)처럼 아이들은 공터에서 하나둘 새로운 놀이
를 만들어냈다.

베란다에 나가면 커다란 나무가 보였다. 3층인 우리 집보

다 더 키가 큰 나무였다. 작은 새들이 보금자리로 삼아서 저녁이면 한 덩어리로 뭉쳐서 돌아왔다.

"새들이 수다를 떠네."

빨래를 거둬들이며 엄마가 자주 말했다. 그게 무슨 나무였더라. 플라타너스였던 것 같은데 가을에는 색이 물들고 겨울에는 잎이 떨어지고, 이듬해에 또 푸릇푸릇하게 잎을 달았다.

고향을 떠나 도쿄에서 살게 되면서 어쩜 축제가 이리도 많나 싶어 놀랐다. 뉴스에 나오는 대규모 축제보다는 근처 신사에서 열리는 여름 축제나 가을 축제.

주택가에도 오래된 신사가 많아서, 유카타 차림으로 물풍선을 든 아이들을 보면 "아, 오늘 축제인가 봐!" 하고 어른인 나도 부랴부랴 외출했다.

은은한 등불의 인도를 받으며 걷는 참배길. 노점상이 늘어서고 맛있는 냄새가 사방에서 풍긴다. 계절 불문하고 긴 역사와 함께한 수많은 작은 축제. 내 일상에 추가된 새로운 문화였다. 대규모로 개발된 땅에서 태어나고 자랐기에 신사 축제를 즐기며 생활한 적이 없다.

그래도 단지 안을 뛰어다니며 놀았던 일이나 베란다에서 본 나무 역시 내 어린 시절의 소중한 추억이다. 부족한 것을 꼽아서 안이하게 우열을 따지고 싶지는 않다. 사람의 마음은 그렇게 단순하지 않다.

  몇 년인가 전에 고등학교 시절 친구들 몇 명과 모였다. 모두 간사이권에 살고 있어서 나만 도쿄에서 참가했다. 속속들이 서로 잘 아는 오래 사귄 친구들이다.

  말이 나오면 반드시 웃게 되는 실수담이 몇 가지나 있다. 배를 부여잡고 웃고 싶으니까 만나면 반드시 그 이야기를 한다. 한바탕 웃은 뒤, 갑자기 누군가 말했다.

  "오사카에는 안 돌아올 거니?"

  '나이를 먹어 언젠가 은퇴한 다음에'라는 의미다. 돌아올 생각이 없다는 말을 할 수도 없고 아니 뭐, 도쿄에도 익숙해졌으니까, 하고 어물어물. 도쿄에서는 표준어를 쓰며 생활하는데, 내 내면에는 언제나 간사이 사투리의 리듬감이 새겨져 있다. 사투리에 품은 애착은 평생 사라지지 않으리라.

  그렇지만 나는 도쿄도 좋았다. 이곳에서 만난 사람들이 있고, 친숙한 생활이 있다. 자전거로 10분 거리에 노르웨이 숲이 펼쳐진다면 좋겠다고 망상할 때도 있지만, 동네 산책로에도 매화는 핀다. 벚꽃도 핀다. 창문 너머로는 소나무 한 그루가 보인다.

출처

1장. 상경 이야기
- 〈내 집은 어디에〉~〈한밤의 햄버거 가게〉:《교토신문》〈초승달 샛길〉 2017년 4월 5일~2018년 3월 7일
- 〈맛군〉:《별책 천연생활 천연 고양이 생활別冊 天然生活 天然ねこ生活》, 지큐마루, 2015년

2장. 도쿄 허둥지둥족
- 《아사히신문》〈어른이 된 여자들에게〉 2019년 1월~2022년 5월
- 〈밤새우기 좋아하는 사람〉:《요미우리신문》석간 〈과분한 언어사전〉 2019년 11월 22일

3장. 막차가 떠난 후
- 〈정말로 정말로 정말로 동시에〉:《챠부다이ちゃぶ台》, 미시마샤, 2015년
- 〈영어 숙제〉:《챠부다이》, 미시마샤, 2017년
- 〈진지하게 놀다〉:《다빈치》 2021년 8월호 〈장롱의 상처〉
- 〈막차가 떠난 후〉:《챠부다이 7》, 미시마샤, 2021년
- 〈그때의 우리〉:《챠부다이 6》, 미시마샤, 2020년

이상을 가필·수정하고 재편성했습니다. 〈헤어짐〉과 〈오랜만의 귀성〉은 새로 쓴 에세이입니다.

매일 이곳이 좋아집니다

1판 1쇄 발행 2023년 8월 11일
1판 8쇄 발행 2023년 9월 27일

지은이 마스다 미리
옮긴이 이소담
발행인 유성권

편집장 양선우
기획·책임편집 신혜진 **편집** 윤경선
해외저작권 정지현 **홍보** 윤소담 박채원
마케팅 김선우 강성 최성환 박혜민 심예찬 김현지
제작 장재균 **물류** 김성훈 강동훈

펴낸곳 ㈜이퍼블릭
출판등록 1970년 7월 28일, 제1-170호
주소 서울시 양천구 | 목동서로 211 범문빌딩 (07995)
대표전화 02-2653-5131 | **팩스** 02-2653-2455
메일 tiramisu@epublic.co.kr
인스타그램 instagram.com/tiramisu_thebook
포스트 post.naver.com/tiramisu_thebook

티라미숲 THE BOOK 은 ㈜이퍼블릭의 인문·에세이 브랜드입니다.

상경하고 얼마 안 됐을 무렵에는 본가에 꽤 자주 내려가곤 했어요. 그런데 날이 갈수록
오래는 못 있겠더라고요(이틀이면 족하다).
삶의 중심을 조금씩 옮겨가면서 내가 생활하는 장소가 더 편안하고 익숙해지는 과정을
많이들 겪었겠지요. 지금 어디에 머물고 있든, 그곳에서 당신이 괜찮은 하루하루를 쌓아
가고 있기를.